# 忆汪十记

# 读汪十记

◎苏北 著

贵州出版集团
贵州人民出版社

图书在版编目（CIP）数据

忆汪十记　读汪十记 / 苏北著. -- 贵阳 : 贵州人民出版社, 2022.12

ISBN 978-7-221-17422-2

Ⅰ. ①忆… Ⅱ. ①苏… Ⅲ. ①回忆录－作品集－中国－当代 Ⅳ. ①I251

中国版本图书馆CIP数据核字(2022)第201312号

| | |
|---|---|
| 书　　名 | 忆汪十记　读汪十记<br>YI WANG SHI JI DU WANG SHI JI |
| 著　　者 | 苏　北 |
| 出 版 人 | 朱文迅 |
| 策划编辑 | 黄　冰 |
| 责任编辑 | 张　晥 |
| 封面设计 | 张　晥 |
| 版式设计 | 杨　洋 |
| 书名题签 | 苏　北 |
| 封底作品 | 汪曾祺 |
| 出版发行 | 贵州出版集团　贵州人民出版社 |
| 社　　址 | 贵州省贵阳市观山湖区中天会展城会展东路SOHO办公区<br>贵州出版集团大楼（邮编:550081） |
| 印　　刷 | 深圳市新联美术印刷有限公司 |
| 开　　本 | 889mm × 1194mm　1/32 |
| 字　　数 | 135千字 |
| 印　　张 | 6.75 |
| 版　　次 | 2022年12月第1版 |
| 印　　次 | 2022年12月第1次印刷 |
| 书　　号 | ISBN 978-7-221-17422-2 |
| 定　　价 | 34.00元 |

# 目录

## 读汪十记

# 代序：也说曾祺

黄 裳

苏北老兄：

得《温暖的汪曾祺》（即本书，后改现名。——编者注）一册，漫读一过，颇有所感。曾祺弃世十年矣，还有人记得他，为他编纪念文集，这使我感到温暖。也许我的感觉不对，今天记得曾祺的人正多，只是未见诸文字、行动。年来闭户索居，耳目闭塞，为我所未见、未知。总之，曾祺身后并不寂寞，他的作品留下的影响，依然绵绵无尽，这是肯定无疑的。

先说他的作品。除了流誉众口的《受戒》等短篇，我的感觉，足以称为杰作的是《异秉》（改本），能撼动人心的是《黄油烙饼》和《寂寞和温暖》，这两篇都含有“夫子自道”的成分。《七里茶坊》也好，但采取的是旁观态势。最晚的力作则是《安乐居》。

值得一说的是他的《金冬心》。初读，激赏，后来再读，觉得不过是以技巧胜，并未花多大力气就写成了，说不上“代表作”。说来颇有意思，我也曾对金冬心发生过兴趣，编过一本《金冬心事辑》，从雍乾间冬心朋辈的诗文集中辑取素材，原想写一篇清前期扬州盐商、文士、画人之间关系的文章，一直未下笔，见曾祺的小说，未免激赏。后来重读，觉得这正是一篇“才子文章”，摭取一二故实，穿插点染，其意自见，手法真是聪明，但不能归入“力作”。

但从此又引出另一有趣话题。有论者说汪曾祺是最后一位士大夫型文人；又有人说，汪是能作文言文的最后一位作家。我翻过他的全集，并未发现他有一两篇文言作品，但为何会给人留下如此印象？这就不能不从他的语言运用、文字风格去找原因。是他的语言文字给读者留下了浓郁而飘浮的特异气氛的结果。

“……罗汉堂外面，有两棵很大的白果树，有几百年了。夏天，一地浓荫，冬天，满阶黄叶。”这是曾祺笔下的一节文字。偶然相遇，不禁有奇异的生疏而兼熟悉之感。这岂非六朝小赋中的一联？写出了环境、气氛，既鲜明又经济，只用了八个字，以少许胜多许，而且读来有音节、韵律之美，真是非常有力的手法。平视当代作者，没有谁如此写景抒情。这是最后一位士大夫么？是“文言文”么？

回忆1947年前后我与曾祺在一起的日子。在巴金家里，他实在是非常“老实”、低调的。他对巴老是尊重的（曾祺第一本小说，是巴金给他印的），他只是取一种对前辈尊敬的态度。只有到了咖啡馆中，才恢复了海阔天空、放言无忌的姿态。月旦人物，口无遮拦。这才是真实的汪曾祺。当然，我们（还有黄永玉）有时会有争论，而且颇激烈，但总是快活的、满足的。我写过一篇《跋永玉书一通》，深以他俩交往浸疏为憾，是对可惜两个聪明脑壳失去碰撞机会，未能随时产生“火花”而言。是不是曾祺入了“样板团”、上了天安门，形格势禁，才产生了变化？我不得而知。曾祺的孩子汪朗虽有所解说，但那是新时期的后话了。

不能不联想到沈公（从文）。

从《沈从文全集》的通信部分看，他是写过不少信件，包括对公私各方面，对他的工作、处境，有说不尽的牢骚，充分诉说了生命受过的重重挤压。但在1962年顷，当局面多少有些宽松之际，他以政协委员身份得到外出视察的机会时，久被压抑的心情得到弛放，他写起诗来，对同游的委员们也不无讥嘲。我当时向他索得几页诗稿，在报上发表了，让他在久离文坛后与读者有个见面机会。诗稿是用毛笔蘸蓝墨水写在红格账簿纸上，一色漂亮的章草。诗见报后从文即来信，坚持索回原稿，他的理由是：“旧体诗刊载过多，对年轻人无多意思。”“拙诗最好莫再分割刊载，因为如此一来，对读者无多意义，对作者亦只能留下一种填篇幅痛苦不好受印象。”来信至再至三，而且越来越“严肃”，使我十分恼火，曾向永玉诉说：“沈公是怎么啦？”永玉说，随他去吧，老毛病啦。于是手稿至今仍压在手底。沈公写的是五言排律，也许是读了周作人在老虎桥所写的《往昔》组诗而引起了诗兴，不知可的确。

20世纪50年代，我有两次与曾祺同游。一次是随团去香港访问，不知曾祺是否曾被邀作报告，我是有过经验的。推辞不掉，被邵燕祥“押赴”会场（燕祥兄与陆文夫似同为领队）。并非我不喜说话，实在是觉得那种在会场上的发言没有什么意思。又一次与曾祺同游，一起的还有林斤澜，叶兆言负责照管我们的生活，从扬州直到常州、无锡，碰到高晓声、叶至诚。一路上每逢参观院校，必有大会。曾祺兴致甚高，喜作报告，会后请留“墨宝”，也必当仁不让，有求必应。不以为苦，而以为乐。这是他发表《受戒》后声名鹊起以后的事。

这是社会环境、个人处境的变化对作家内心有所影响的两个好例子。

我以《故人书简》为题写过几篇纪念曾祺的文章，差不多每篇都全录曾祺原信。以为这样做好，可以保存他的文字原貌，实在是想要删减也不易。有一封关于王昭君的抬杠信，可以见当年在酒店、咖啡馆里谈天的风景。谈天中争论是常事，事过即了，不以为意。此后曾祺没有就此议题继续谈论。我想关于王昭君，应一律以老杜“群山万壑赴荆门”为不刊之作。杜甫是贴着昭君这个活生生的人下笔，不是当作政治筹码说事的。

曾祺后来曾写过北京京剧院五大头牌的文章，写张君秋，有这样一节：

演《玉堂春》，已经化好了妆，还来四十个饺子。前面祟公道高叫一声："苏三走动啊！"他一抹嘴，"苦哇！"就出去了，"忽听得唤苏三……"

这一节写得生香活色，但却戛然而止。要想知道他对张君秋更多的评论，那封信里有，而且是真知灼见。当年发表时本想删去此段，转而想人已不在，留下几句真话也好。从这种小事看，曾祺为文，不是没有斟酌、考虑的。他自有他的"分寸"。

我写过一篇记沈从文的文章，开篇就说，沈是一位写文章的人，对作家这样说，岂非废话！真实的意思是，他是凭一支笔闯天下的人。其实别人何尝也不是如此。老实说，我们这一代的作者都是没有什么"学问"的，多半是半路出家的。比起王国维、陈寅恪那一代人，哪里好比；就连王、陈的一传、再传弟子，加上横空出世的钱锺书和傅斯年从北大挑出"尖子"放在"史语所"里读死书、做研究的那些人，也都说不上比。曾祺是西南联大文学系的，可谓正途出身，但他在大学里到底受过多少传统训练，实在难说。像朱自清那样正规学术研究的课，曾祺不能接受，遂逃课，挨批。他读书，用"随便翻翻"的方式读书，加上社会人生阅历，积累了零零碎碎的知识碎屑，要说"学问"，也是这样攒得的。我们这些人积攒知识大抵都走着同样的路，说"学问"都是谈不上的。只凭一管笔，闯入了文坛。

关于曾祺推荐我参加评选一事，你的考证不确。此信本来不想发表，因所谈皆金钱等琐事，无甚意思。日前取出重读，深感故人情重，不避烦琐，事事设想周全，不禁黯然。今仍依旧例，全录如下。

黄裳兄：

台湾《中国时报》第十二届时报文学征文奖聘我为散文的评委。有一种奖叫“推荐奖”，他们让推荐两位大陆散文作家各六至八篇，从中选定一篇。推荐奖奖金相当多，三十万新台币。我认识的散文作家不多，想推荐宗璞和你，不知你有没有兴趣。宗璞的（散文）我即将航空快递到香港中国时报办事处。你的散文我手头没有（不知被什么人借去了）。如果你同意被推荐，我希望你自己选。要近两年发表或出版的。选出后即寄三联书店潘耀明或董秀玉，请他们电传或快递给台北《中国时报》“人间副刊”季季或应凤凰，嘱潘或董说是汪曾祺推荐的。你自选和我选一样，你自己选得会更准一些。时报截稿日期是八月十五日，如果由你选出后寄给我，我再寄香港就来不及了。我希望你同意。三十万新台币可折美金近万元，颇为诱人。而且颁奖时还可由时报出钱到台湾白相一趟。当然，不一定就能中奖，因为评委有十五人，推荐的包括小说、散文、诗，统统放在一起，大陆和台湾得推荐奖只两人（两岸各一人）。

你近来情况如何，想来平安。

我还好，写了些闲文，都放在抽屉里。这两天要为姜德明的《书香集》写一篇，题目暂定为“谈廉价书”。

推荐事，同意或不同意，均盼尽快给我个回信。

北京今年甚热，立秋后稍好。不过今年立秋是九点钟，是“晚秋”，据说要晒死牛的。

即候时安。

弟曾祺顿首

八月十日

如三联有你近两年的书，可由你开出篇目，由他们选出传递。（此为边注）

此事如何处理，记不起了。大约因为时间迫促，选寄为难，辜负了曾祺一番盛意。事情过去多年了，留在心底的一片温馨却一直拂拭不去。

这一次翻检旧信，又发现曾祺旧笺两通。一通是毛笔小字行书写在一张旧纸上的。时间可能最早，当作于1947年前后。

沈屯子偕友人入市，听打谈者说杨文广围困柳州，城中内乏粮饷，外阻援兵，蹙然诵叹不已。友曳之归，日夜念不置，曰，文广围困至此，何由得解。以此邑邑成疾。家人劝之相羊垌外，以纾其意。又忽见道上有负竹入市者，则又念曰，竹末甚锐，道上人必有受其戕者。归益忧病。家人不得计，请巫。巫曰，稽冥籍，若来世当轮回为女身，所适夫姓麻哈，回夷族也。貌陋甚。其人益忧，病转剧。友来省者慰曰，善自宽，病乃愈也。沈屯子曰，君欲吾宽，须杨文广解围，负竹者抵家，麻哈子作休书见付乃得也。夫世之多忧以自苦者，类此也夫！十月卅日拜上。

黄裳仁兄大人吟席：

仁兄去美有消息乎？想当在涮羊肉之后也。今日甚欲来一相看，乃舍妹夫来沪，少不得招待一番，明日或当陪之去听言慧珠，遇面时则将有得聊的。或亦不去听戏，少诚恳也。则见面将聊些什么呢，未可知也。饮酒不醉之夜，殊寡欢趣，胡扯淡，莫怪罪也。慢慢顿首。

这是一通怪信，先抄了一篇不知从什么笔记中看来的故事，有什么寓意，不清楚。想见他在致远中学的铅皮房子里，夜永，饮酒不醉，抄书，转而为一封信。亟欲晤面，聊天，是最为期望的事。悬揣快谈的愉乐，不可掩饰。从这里可以想见我们的平居生活场景。六十年前少年伴侣的一场梦，至今飘浮在一页旧笺上，氤氲不去。

到了20世纪90年代，曾祺和我分居两地，来往浸疏，甚至彼此有新作出版，也少互赠，以致别寻途径访书。1992年初得他一信。

黄裳兄：

得三联书店赵丽雅同志信，说你托她在京觅购《蒲桥集》。这书我手里还有三五本，不日当挂号寄上。作家出版社决定把这本书再版一次，三月份可出书。一本散文集，不到两年，即再版，亦是稀罕事。再版本加了一个后记，其余改动极少。你如对版本有兴趣，书出后当再奉寄一册。

徽班进京，热闹了一阵，我看解决不了什么问题。我一场也没有看。因为没有给我送票，我的住处离市区又远（在南郊，已属丰台区），故懒得看。在电视里看了几出，有些戏实在不叫个戏，如《定军山》《阳平关》。

岁尾年初，瞎忙一气。一是给几个青年作家写序，成了写序专家；二是被人强逼着写一本《释迦牟尼故事》，理由很奇怪，说是“他写过小和尚”！看了几本释迦牟尼的传，和《佛本行经》及《释迦谱》，毫无创作情绪，只是得到一点佛学的极浅的知识耳。自己想做的事（如写写散文小说）不能做，被人牵着鼻子走，真是无可奈何。即候春禧！

弟曾祺顿首

一月二十八日

一封短信，内容却丰富，把他的近况都交代清楚了。他的情绪不错，言下多有“自喜”，也吐露出创作的强烈愿望。对于未来的写作方向，列散文于小说之前。对人事放言批评，一如往昔。这许多都是写曾祺传（如真的有人要写）的重要参考资料。

近来偶尔读到一篇评论近当代散文的文章，作者开了一张大名单，几乎包括了所有的散文作者，每人给予简要的评论。这是一件艰巨的任务，需要的是非凡的眼光和一颗平常心。典范之作应属鲁迅为《新文学大系》小说辑写的序言。论文也是提到汪曾祺，但未作深论，只指出其“士大夫”意味。作者也曾揭出模糊了散文与小说之间界限的现象，但归之于另一作者而非曾祺，这倒是很奇怪的。曾祺小说的散文化倾向，为读者与论家注意已久，但没有深入的研究，此事大难，也只能作些浮泛的探讨，聊备一说。

1987年，曾祺在漓江出版社出了一本自选集，有一篇自序。这个选本值得注意的是，小说、散文之外，还选了极少量的诗。其《早春》一题，只有两句：

（新绿是朦胧的，飘浮在树杪，完全不像是叶子……）
远树的绿色的呼吸。

读来使人出惊。不知这些诗是否曾发表过，这是典型的“朦胧诗”，如先为评家所见，无情棍棒怕不是先落在杜运燮头上了。

这给了我启示：曾祺的创作，不论采用何种形式，其终极精神所寄是“诗”。

无论文体如何变换，结体的组织，语言的运用，光彩闪烁，炫人目睛，为论家视为“士大夫”气的，都是“诗”，是“诗”造成的效果。

有的论客说曾祺晚年才尽，真是胡扯。他在来信中说过，写了些短文，都随手放在抽屉里。这就说明，他一直是“文思泉涌”的。作家都有这样的经验，偶有所触，或闲居，或枕上，多半放弃、遗忘了。曾祺则不，随笔记下，遂成短章，日后有闲重写，乃成全篇。曾祺晚年多有三篇成束的短篇小说，大抵就是这些放在抽屉里的东西，有的扩展成篇，有的仍然旧样，不再抻一下使之成为中篇。如人们激赏的《陈小手》，就是保存原貌不另加工的东西。这样，从“笔记”到小说的界限就迷离难辨了。这是曾祺小说散文化的原因之一。

我还怀疑，在曾祺留下的许多短章中，隐蔽着多少未得完成的作品的幼苗，可惜了，只能借用他一篇充满感情的散文的题目来表达我之所感——“未尽才”！

曾祺自己说过，“我年轻时曾想打破小说、散文和诗的界限”，又说，“有时只是一点气氛。我以为气氛即人物”。（见《汪曾祺短篇小说选》自序）直至晚年，他也没有放弃这个创意，这就注定他的小说和散文分不开了。

曾祺又说过，他受到契诃夫、废名、阿左林的影响。契诃夫的小说，是“从戏剧化的结构发展为散文化的结构”的成果；废名“用写诗的办法写小说，他的小说实际上是诗”；阿左林小说的戏剧性是“觉察不出来的戏剧性”。看他对三家的评论与所受的影响，则他自己的小说的特质，就是明明白白的了。

曾祺又明确地声明过，他的短篇小说“打破了小说和散文的界限，简直近似随笔”，这样做，是“经过苦心经营的”。他说这些话的时候，已经“名满天下”了，他的稿件，杂志编辑不能不接受——换个无名的作者，不被退稿才怪！

总之，曾祺在文学上的“野心”是“打通”，打通诗与小说、散文的界限，打造一种新的境界——全是诗。有点像钱默存想打通文艺批评古今中西之间的境界一般。可惜中道殒殂，未尽其志。“未尽才”，哀哉！

我与曾祺年少相逢，得一日之欢；晚岁两地违离，形迹浸疏，心事难知，只凭老朋友的旧存印象，漫加论列，疏陋自不能免。一篇小文，断断续续写了好久，终于完稿，得报故人于地下，放下心头一桩旧债，也算是一件快事。

2008年12月22日写毕记

# 忆汪十记

汪曾祺是当代中国文坛绝无仅有的。他为人和为文的淡泊、从容和明净，倾倒了无数的读者。他生前有许多名头，最著名的莫过于“二十世纪最后一位士大夫”“二十世纪最后一位文人”。他自己给自己的定位是“一个中国式的抒情的人道主义者”。他的博学和中国气派，使他的文字源远流长。他曾希望“我悄悄地写，你悄悄地读”。汪曾祺去世后，他的作品经久不衰，他也是被人提起和怀念最多的作家。这个“人间送小温”的老人，离开我们越久，越接近我们。他仿若并没有离去，而是还在某个地方坐着，微笑着看着我们。这个老人，他的生命之曲余音缭绕。

# 第一记 这些片断

## 片断一 眼神的品位

眼神有何品位？这是我的表述，一种感觉而已。这种感觉来自当代短篇小说大师汪曾祺。“品味”这个词来得很突兀，我想到这个词是激动的，我觉得这个词同汪先生的眼神太“贴”了。

这个词来自1995年7月，那次我同一家报社的王姓女士去拜访汪先生。汪先生同王女士不熟，我介绍后，汪先生从沙发上站起来走动了几下，似找什么，又没找着，我猜想这是汪先生的一种习惯，他可能在想心思，也许是回忆起什么。走了两圈，他又坐到沙发里去。他眼睛就那么瞪着，直直地望着，入他眼的东西其实只是虚影。我望着汪先生的眼睛，我断言那眼神是执着的。那眼神仿佛在对人们说：我对有些事情是很坚持的。究竟是什么事呢？善良的、天真的、一肚子学问的先生，一定不会是为一些鸡毛蒜皮的小事去坚持。我无法进入一个七十六岁睿智老人的世界。

我们带了几瓶酒。我说："给您带了酒，烟就没带了，少抽点烟，酒可以喝点。"汪先生听后侧过脸来，似乎对我又似乎对别的什么说："还有几年活的！这也不行那也不可的！"他是指烟，又似乎指别的更深些的东西。汪先生说这些时，那执着的眼神依然；汪先生说这些时，汪师母一直坐在边上，没说话。我知道，汪师母是不赞成汪先生抽烟的。可几十年了，师母太了解先生的为人禀性了。师母尊重汪先生对一些事物的看法，尊重他的习惯，甚至是坏的习惯。

那天汪先生留了我们吃晚饭。他总是自己下厨，给我们做他拿手的好吃的牛脖子肉煲。那天汪先生喝了几大盅白酒。他喝酒总是很猛，很少吃菜。

汪先生不说话，可师母告诉我，为留我们吃饭，"老头子"早晨就到菜场溜达去了。这个睿智的老人，他不用嘴巴说话。他多数时间是用眼神说话，特别是对年轻人。

记得十年前，顾城写过一篇关于汪先生的文章，其中有一句："每次到北京作协开会，内中有一双眼睛最聪明，那便是汪曾祺。"

顾城这句话，同"眼神的品位"是否有异曲同工之妙？

## 片断二 小驴有舅舅吗?

我同孩子到汪先生家。闲聊中我对先生说到孩子。

一个秋天，我送孩子上学，我们一直向东骑着车。那是一个云很重的早晨，太阳努力将光芒刺透云层，云层绚烂。我问孩子：“太阳哪去啦？”孩子望天，望了半天说：“没有呀！”我说：“找有光芒的地方呀！”孩子指着绚烂的云层说：“在那儿——”愣了一会，孩子蓦地问我：“爸，太阳有腿吗？”我用成人的毫无想象的思维说：“没有。”孩子追问：“那它为什么会跑呀？”我仍然简单处理：“在天上滚呗！”

过了一会，孩子又冒出了一个怪念头，爸：“太阳会老吗？”这叫我怎么回答呢？孩子呀，你为什么有这么多新鲜的念头！我犹豫着：说不老吧，与唯物论相悖；说老吧，太阳又不是人，它又何止千万年。我掂量着说：“太阳会老的。”孩子立即追问：“它老了，没有阳光，我们怎么办呢？”我说：“它老了，我们早没了。”

我的这番蠢话多么索然！

汪老听完嘴咧了一下。汪老不是那种哈哈大笑的人。我注意到汪老是在专注地听着——他的眼神告诉了我。汪老愣了一会，他说：“我的孩子像陈浅这么大的时候，有一次他舅舅来，我们要他叫舅舅。他叫了。过一会，正好有个小驴车过去，孩子又接着追问，爸爸，小驴有舅舅吗？”这是汪老的幽默。

我重视这个片断，是因为我注意到汪老对天真的关注。他是一个有情趣的人。情趣应该是属于童心的。这个片断使我联想到其他片断。

一次我同朋友龙冬及他的藏族夫人到先生家，席间先生仿佛感叹，又仿佛自语：怎么找个藏族老婆……找个藏族老婆！一副羡慕的神态。汪老说这话时语气神态滑稽极了，仿佛在后悔自己年轻的时候怎么没找个少数民族的媳妇。

汪老对“小驴有舅舅吗”这样的问题是凝神的。曾经有一篇写汪老的文章，题目叫《他仍是一个精灵》。汪曾祺小说之所以受看、经久，与他对“小驴有舅舅吗”这样简单的问题有兴趣是分不开的。

## 片断三 由《花》想到的

晚来无事，枯坐斗室，瞎翻闲书，见到一些似曾相识的名字：北村、格非、吴滨……翻到中间，无意间见到一篇汪曾祺的几百字小文《花》，于是便散淡地、心不在焉地读着。读着读着，我愣住了。啊呀，汪老头呀汪老头，您今年也是古稀之人了，可您这个老的精灵，还能写出这样不枯不瘦的文字，字里行间无处不透着灵动之光。您哪里老呀！您的文学之心比我辈还年轻些！这一两年，您虽身体欠佳，可您不断在思想着，脑子一下没能离开您心醉神迷的文学，您不愧为一代宗师。

录《花》如下：

我们家每年要种两缸荷花，种荷花的藕不是吃的藕，要瘦得多，节间也长，颜色黄褐，叫做“藕秧子”。在缸底铺一层马粪，厚约半尺，把藕秧子盘在马粪上，倒进多半缸河泥，晒几天，到河泥坼裂有缝，倒两担水，将平缸沿。过个把星期，就有小荷叶嘴冒出来。过几天荷叶长大了，冒出花骨朵了。（这个过程多利索！）荷花开了，露出嫩黄的小莲蓬，很多很多花蕊，清香清香的。荷花好像说：“我开了。”（这哪像老人说的话，简直像个孩子！“我开了”，看这话说的！“我开了”，这是多白的大白话，可用在这里，全活了，将前面的文字全救活了！）

荷花到晚上要收朵，轻轻地合成一个大骨朵。第二天一早，又放开。荷花收了朵，就该吃晚饭了。

下雨了。（跳得多远，这思维，这意象。可是何尝又不会下雨呢？）雨打在荷叶上啪啪地响。雨停了，荷叶上面的雨水水银样地摇晃。一阵大风，荷叶倾倒，雨水流泻下来。

荷叶的叶面为什么不沾水呢？（你问谁呢？）

荷叶粥和荷叶粉蒸肉都很好吃的。（跳跃。）

荷叶枯了。

下大雪，荷花缸里落满了雪。（老人枯坐着，意识在流动。他想得多深远呀，他坐在那里出神，眼神空洞，他眼前像过电影似的：下雨了，雨打在荷叶上啪啪响。荷叶枯了。雨停了。下雪了。荷花缸里落满了雪……）

（看到最后，我心都碎了，这哪里是写荷叶，分明是写人的一生，写他自己人虽老矣，可心如孩童的一生。）

汪曾祺不老。

## 片断四 鸳鸯湖中老高邮

1981年汪先生夫妇回到阔别四十年的高邮省亲。其间他们被县里安排到高邮湖泛舟。汪老说：“别人都说我们是‘高邮湖中老鸳鸯’。”先生的孙女听到了，纠正说：“不对，应该是‘鸳鸯湖中老高邮’。”啊呀！这孩子。

“老高邮”汪家应该算得上是书香门第。

汪先生是1920年正月十五元宵节生。汪先生的家庭是个旧式地主家庭。他的祖父是清朝末科的“拔贡”。家里有田产，还开着药店和布店，可生活相当节俭。据汪先生回忆，他的祖父爱喝点酒，下酒菜不过是一个高邮咸鸭蛋，而且一个咸鸭蛋能喝两顿，喝了酒就一个人在屋里大背唐诗。

汪先生的祖父还是个有情趣的人。有这样一个片断，一次小汪曾祺不停地打嗝，他的祖父把他叫到跟前，问：“我吩咐你的事做了没有？”小汪曾祺使劲想，想了半天也没有想起来，只得说：“没有呀！”他的祖父哈哈大笑：“嗝不打了吧？”他祖父说，这是治打嗝的最好方法。

汪先生的生母姓杨。在汪先生三岁时即因肺病去世。母亲读过书，字写得很清秀。据汪先生回忆，他的父亲汪菊生是他所知道的最聪明的人，对他影响极大。

汪菊生多才多艺。他不但金石书画皆通，而且是一个擅长单杠的体操运动员、一名足球健将。他还练过中国武术。

汪菊生有一间自己的画室，为了用色准确，裱糊得“四白落地”。汪菊生后半生不常作画，以“懒”出名。

汪先生谈过这样一个片断，他父亲的画室里堆满了求画人送来的宣纸，上面都贴了一个红签：“敬求法绘，赐呼××”。他继母有时提醒：“这几张纸，你该给人家画画了。”父亲看看红签，说：“这人已经死了。”

每逢春秋佳日，天气晴和，汪菊生就打开画室作画。汪曾祺就站在边上看，见他父亲对着宣纸端详半天。先用笔杆的一头或大拇指指甲在纸上划几道，决定布局，然后画花头、枝干，布叶、勾筋。画成了再看看，收拾一遍，题字、盖章，用摁钉钉在板壁上，再反复看看。汪菊生年轻时曾画过工笔的菊花，能辨别、表现很多菊花品种。汪先生回忆：“他的画，照我看是很有功力的。可惜局促在一个小县城里，未能浪游万里，多睹大家真迹……声名传得不远，很可惜！”汪菊生学过很多乐器，笙、箫、管、笛、琵琶、古琴都会，他的胡琴拉得很好。汪先生说，几乎所有的中国乐器他们家都有过，包括唢呐、海笛。他父亲吹过的箫和笛子是他一生中见过的最好的箫笛。

汪菊生养过鸟，养过蟋蟀，会糊风筝。有一年糊了一个“蜈蚣”，带着儿女到麦田里去放。“蜈蚣”在天上摆动，跟活的一样。汪先生说，那是他永远不能忘记的一天。

汪菊生是个聪明人，汪曾祺是个聪明人。这里面是不是有点遗传关系？汪曾祺的审美意识的形成，是跟他从小看父亲作画有关的。

汪先生回忆："我父亲是一个随便的人，比较有同情心，能平等待人。我十几岁时就和他对坐饮酒，一起抽烟。"汪先生的父亲曾对他说："我们是多年父子成兄弟。"

汪菊生的这种脾气也传给了汪曾祺。不但影响了汪曾祺和家人子女、朋友后辈的关系，而且影响了汪曾祺对所写的人物的态度以及对读者的态度。

## 片断五 老爷子又有蛋了

"老爷子又有蛋了。"汪先生的小女儿汪朝说。

打开汪先生的文集，他的代表性的作品，如《受戒》《大淖记事》《寂寞和温暖》，用一般读者眼光看，似写得很轻松、散淡，都是一些平实的话、平实的句子，毫无刻苦用功之处。略知内情的人，特别是他的家人，是深知老爷子写东西也是颇费思量的。虽然汪先生博学多才，灵秀聪颖。

1995年冬天，我和青年作家龙冬去拜访汪先生。汪先生忙乎了半天，为我们做了几个拿手的菜，记得有煮干丝和咖喱牛肉。席间免不了谈一些创作上的事，汪先生的小女儿汪朝说了个老爷子写作的佳话。

还是汪先生写《大淖记事》的时候。那时他们家还住在甘家口，全家五口人只有一张桌子，家里没地方给他写东西，汪先生总是想好了再写。他是坐在一对老沙发（还是在汪先生岳父手里置的）上发愣——凝眸沉思，烟灰自落。“待考虑成熟了，”汪朝说，“像一只老母鸡快下蛋了，到处找窝，家人就彼此相告：老爷子又有蛋了，快给他腾地方。”

汪先生写作是认真的。师母曾说：“老汪都是想透了才写。”汪先生那天多喝了几杯，平时多凝神听别人说话的他也说了几句：“我就要写出同别人不一样的。别人看了说，这个老小子还有两下子！”

汪先生说，一个作家要有自信，要有“这种写法我第一的感觉”（汪朝插话：“这是一个狂老头！”）。都说汪先生超脱、平和，其实先生骨子里是很自负的。记得1993年冬在汪先生家，席间先生也曾说过：“都说我淡，我也是爱激动的。”他告诉我，他在赶一篇稿子，就是写他生活中的另一面的，题目叫《饮鸩止渴》。

汪曾祺是个奇怪的现象。

什么叫大器晚成？可以用汪曾祺印证。“汪曾祺现象”很有趣。二十岁写过几篇小说，在20世纪40年代结集出版《邂逅集》，之后没什么作品。60年代，中国少年儿童出版社根据作家肖也牧的建议，约汪曾祺写了几篇儿童文学，结集出版了一个小册子《羊舍的夜晚》，之后又是一段空白。汪曾祺真正进入创作状态是到80年代初，这时他已六十岁了。在别人退休的年龄他开始为自己的事业工作，而且一“工作”就不可收，成就了之后的“汪曾祺”。

仔细想想，也并不奇怪。一句俗话，“菌子已经没有了，但是菌子的气味留在空气里”。他“空白”的一些年里，虽然没写作品，但是他是在思考、是在“凝神”生活的，他的文学活动在他的精神世界里是没有中断过的。

## 片断六 “老汪今天怎么啦？是不是有什么外遇！”

一个文学朋友给我打来电话，他知我同汪先生相熟，请我为他求一本先生签名的著作。电话中朋友很激动，说：“我们家只挂两个人的相片，一个是周总理的，另一个就是汪曾祺的。”他解释说：“在为人上我以周总理为楷模，在为文上以汪先生为榜样。”

他的这番话吓我一跳，也使我怦然心动。

可以说，我也是汪先生的追随者。20世纪80年代初，我曾抄过汪先生的许多小说，集在四个大笔记本上，先生也曾为此写过一篇短文《对读者的感谢》，发在上海《文汇报》上。后来认识先生，与先生的交往增多，那种远距离的崇拜心理慢慢淡了，倒是平静的、对先生的关爱增多了。每见到先生，我都望住他：“最近身体好吗？写了点什么？”

汪先生实在是太平易了。

汪家一家人可以说都是好人，是一家有情趣的人家。有一年到他们家，那时他们家还住在蒲黄榆，师母说了这样一件趣事。

说前不久先生酒喝多了，回来的路上跌了一跤。先生跌下之后第一个感觉就是能不能再站起来，结果站起来了，还试着往前走了几步。“咦！没事。”汪先生自己说。回到家里，汪先生一个劲地在镜子前面左照右照，照得师母心里直犯嘀咕：“老汪今天怎么啦？是不是有什么外遇！”七十多岁、满头银丝的师母说完这话哈哈大笑，那个开心。其实汪先生是照照脸上皮肤有没有跌破。

就这么一快乐的人家，对青年人十分友好和爱护。

师母身体好时，我们每次去都能有些收获：喝点好酒，或者吃个开心的菜，或得一幅字画什么的。记得有一次去，先生拿湖南吉首的一瓶酒（包装由黄永玉设计）给我们喝，席间先生说老人有三乐：一曰喝酒，二曰穿破衣裳，三曰无事可做。吃喝谈笑完了，我从先生书房翻出一张画，是一枝花，先生说：“送给你。”即为我题了“苏北搜得旧作”。

还有一次去，先生在煮豆汁，煮得一屋子气味。先生说：“我们一家子都反对吃，你去闻闻，又臭又酸。”他又说：“就我吃。”

我望住他，他站在那儿扎叉着两手，过了会又说：“梅兰芳那么有钱，还吃豆汁！”

我在汪先生家唯一的一次不愉快是1993年12月4日。

那年11月底，我将自己的两篇小说送给先生，想请他看看，写几句评语。汪先生说：“可以。”我临走时，先生回过头来：“稿子呢？弄哪去了？这不能丢了。”先生看起来漫不经心，骨子里是负责、认真的。我当时特别感动。

几天后的12月4日我们再去，汪先生不说话，我也不问。临走时，我问了一句：“稿子您看了吗？”汪先生不说话，过了会，说：“《小林》写了什么？要体现什么都不清楚。”之后就批评我，一是缺乏自信，二是太懒。汪先生说：“沈从文刚到北京来时，连标点符号都不会用。他看了契诃夫的小说后说，这样的小说我也能写出来。做一个作家，对自己的信心都没有，还能写出什么好东西来？笔头又不勤。两三年了不写东西。三天不写手就会生的。”先生又说：“老舍先生这一点做得最好，有写没写每天五百字。你们这么年轻，不下功夫？”

说得师母在边上直扯汪老的衣角。师母说：“你们没来，老汪就琢磨怎么说，我叫他说婉转点，看，又给他说得年轻人没信心。”

我那天一点情绪也没有。事后想想，汪先生对喜欢的青年是严厉的。

这样一位天真的、有情趣的又非常严厉的老人，正直的、有上进心的青年人都会喜欢，甚至崇拜的。

我的那位挂汪曾祺相片的文学朋友没错。

## 片断七 最后一面

最后一次我去看望汪先生是1997年的5月9日，距他永远离开这个世界还剩整七天。那天我带着孩子，并给他带了安徽新茶和云南爱伲竹筒米酒。

进门之后，我看着他，问他身体怎样。他就像平时一样站在那里，偏着头：“嗯，还可以！”“还可以”说得很重。又站了一会，他突然问：“这孩子是哪的？”汪老头！黄永玉说您是“巧思”，您是真透着灵动之气。汪曾祺的思维是跳跃的，不板。

我对汪先生说：“我的孩子。”“你的孩子？”汪先生笑模笑样的，他的笑是很特别的，很妩媚。读者朋友，你不信吗？是真的可以用妩媚来形容的。汪先生伸手摸了摸孩子梳得光光的头。

我坐下来问他：“什么时候从四川回来的？”他说：“有、有几天。”我问他喝没喝酒。他还那么站着，瞪着眼望着我：“到了宜宾、五粮液酒厂、还能不喝一点？”他的语气很特别，我只有用两个顿号表示。我问他喝多少，他脱口说：“三大杯！”

之后他开始逗我的孩子。“叫什么名字？”孩子说：“陈浅。”他追问：“什么浅？”样子非常认真。我跟他说“深浅”的“浅”。他不说什么了。我笑着问：“怎么样？”他乐了，说：“还可以。”并摸了摸孩子的小辫，说：“像个笔名。”他说这话的样子滑稽极了，很可爱的。

晚上他留我们吃饭，我也没推辞。保姆小陈已做了几个菜。我记得有炒茼蒿、焖牛腱子肉、瓠子，还有两个小菜：嘉兴泥螺和凤尾鱼。他提了一瓶五粮液，对我说：“你自己喝。”我说：“喝米酒吧。”他却说：“不喝，留着。”

那天我喝了三杯五粮液，而他拿了一瓶葡萄酒自斟自饮，喝了好几大杯！他几乎没吃什么菜，只是站在那里，啜了几个小泥螺，却不断给我的孩子夹菜，一会儿问牛肉喜不喜欢吃啊，一会儿劝孩子“这个好吃，这个好吃呐”——汪先生指着瓶子里的泥螺。他问孩子属什么，孩子说“属龙”。他问孩子喜欢龙吗，孩子滔滔不绝谈起参观恐龙展时的害怕情景。他哑哑地笑：“原来你是叶公好龙。”孩子立即回击：“爷爷属什么？”汪先生说：“猴。”孩子说：“那您是‘猴公好猴’！”汪先生问孩子刚到北京时不会说北京话怎么办，我告诉他：“没几天就会了，现在都两年了，连北京儿歌都会唱了。”我说：“陈浅，说个给爷爷听。”陈浅说了一个。汪先生对陈浅说，我也给你讲一个：

小小子，
坐门墩，
哭鼻子，
要媳妇。
要媳妇，
干什么，
点灯，说话——
吹灯，做伴——
早晨起来梳小辫！

说着，他抓了孩子的小羊角辫，开心地咂了一口酒，并说：“点灯，说话。吹灯，做伴。妙极了！妙极了！”

吃完饭，我们告辞。他说还要到环太湖三县去参加一个活动，是个什么女作者笔会。他说：“都是些小丫头片子，我去干什么？”他又告诉我：“对方说，那些小丫头想见见我！”

我临出门时告诉他，我要去一趟湘西，待我从湘西回来再来看他。

## 片断八 告别汪曾祺

1997年5月19日我在湘西吉首去凤凰的车上，得到他16日去世的消息，我惊呆了，半天回不过神来。车子沿湘西的山道向凤凰进发，凤凰可是沈从文的故乡啊！

触目皆青山绿水。这是他的老师沈从文对故乡的描述。可此时此刻，我一点兴致也没有。我呆呆地望着窗外，一路无语。

几天里，心情沉闷。参观沈从文故居时，我久久地望着沈从文青石像，我想，汪曾祺先生也去了，你们师生能见面吗？我深深地向沈先生的像鞠了一躬。

从凤凰回到吉首的边城宾馆，一宿没能沉睡。一夜浅浅的，早晨起来，头脑发闷，小雨潇潇，窗外一派晓雾迷蒙。我无力起床，拥被坐着，望着雨中的边城：

“这个人永远不会回来了……”

5月25日我赶回了北京后，不断向他家人打听他最后几天的情况。他家人告诉我，11日夜汪先生食道出血，住进了北京友谊医院，12、13日，又出了两次血，到14日出血基本控制，精神也好多了，他还同医护人员开玩笑，说：“我还有许多东西要写，我也得把你们写进去。”他想看书，并让女儿从家里取来眼镜。

16日上午，他想喝一口茶水，但医生不让，他同医生开玩笑：“皇恩浩荡，赏我一口喝吧。”医生勉强同意沾一沾嘴唇，他于是对他的小女儿说：“给我来一杯碧绿透亮的龙井。”谁也不能设想，就在他女儿回家取茶叶的一会儿，他却静静地走了，再也不会回来了！“给我来一杯碧绿透亮的龙井。”这是他留给这个世界的最后的声音。

他就这么走了。他是多么热爱他从事的文学事业呀！记得几年前一次到他家，席间我说：“到这个年纪了，能写就写点，不能写就歇歇。”汪先生当时很激动，一拍桌子，说：“写作是我生命的一部分。”过一会又说：“甚至全部！”

当时我们都给吓住了。汪先生这是怎么啦？我们都不说话。

记得那个时候，汪先生身体状况不太好。他的肝有毛病。他脸色不好，发黑发紫。我们很为他的身体担忧。他自己也可能心情不好。

他说有个上海的医生推荐他用蜂蜜拌广西大蚂蚁吃。咦，吃了些时候，竟效果不错。汪先生气色逐步好转。他的创作又活跃了起来，而且写得很勤奋。记得我有次去林斤澜先生家约稿，说到汪先生时，林先生说：“曾祺笔下越来越干净了，几乎没一句废话，而且写得越来越勤！”我后来想想林先生这话，又打开汪先生交给我的一批手稿，我看了看时间，都是今年写的：

《才子赵树理》写于3月5日；

《面茶》写于3月7日；

《唐立厂先生》写于3月11日；

《闻一多先生上课》写于3月12日；

《诗人韩复榘》写于3月13日；

《中国当代才子书·后记》写于3月14日……

我看了一遍，又看了一遍。我真的要流泪了，就这么一个天才作家，在创作的“第二个高峰”（有人称）到来的时候竟撒手西归了。七十七岁，在这个时代，不算是高寿呀！他应该活到八十三岁或八十六岁，或者更高的年岁！那样，中国文学史上要多多少富有思想的文字呀！

他就这么走了。他是多么热爱生命呀！他在1997年2月20日为《旅食集》写的后记中曾这样写道：

老了，胃口就差。有人说装了假牙，吃东西就不香了。

有人不以为然，说：好吃不好吃，决定于舌上的味蕾，与牙无关。

但是剥食螃蟹，“咔嚓”一声咬下半个心里美萝卜，总不那么利落、那么痛快了。虽然前几年在福建云霄吃血蚶，我还是兴致勃勃，吃了的空壳在面前堆成一座小山。但这样时候不多矣。因为这里那里有点故障，医生就嘱咐这也不许吃，那也不许吃，立了很多戒律。肝不好，白酒已经戒断。胆不好，不让吃油炸的东西。前几月做了一次“食道造影”，坏了——食道有一小静脉曲张，医生命令不许吃硬东西，怕碰破曲张部分流血，连烙饼也不能吃，吃苹果要搅碎成糜。这可怎么活呢？不过，幸好还有“世界第一”的豆腐，我还能鼓捣出一桌豆腐席来的，不怕！

舍伍德·安德生的《小城畸人》记一老作家，“他的躯体是老了，不再有多大用处了，但他身体内有些东西却是全然年轻的”。我希望我能像这位老作家，童心常绿。我还写一点东西，还能陆陆续续地写更多的东西，这本《旅食集》会逐年加进一点东西。

活着多好呀。我写这些文章的目的也就是使人觉得：活着多好呀！

28日我和朋友龙冬夫妇早早地来到八宝山第一告别室。去的路上，我为先生买了一只小小的花篮，先生对花是有研究的呀。我们去得太早了，足足等了一个小时，当看到花圈的挽带上写的“汪曾祺”和“汪曾祺追悼会”的黑字时，我觉得不是真的。“汪曾祺”这几个字是同刊物、书本、书法、绘画和签名联系在一起的。我没想过把他的名字同花圈和挽带联系在一起。我不相信。可忙忙碌碌的人们呀，这是在忙什么呀！这是真的。汪曾祺去了。

我自己也在那忙来忙去。我是在忙什么呀！当汪先生灵车来时，我看到后门打开了。一个长长的、窄窄的盒子盖着。我知道那里面是汪先生。汪先生这么个善良的、聪明的智者，就被这样装在一个窄盒子里，还编上了号。我赶过去抬着一头，慢慢走进了告别厅。那盒子装的到底是谁呀？当放到鲜花丛中，抬放人慢慢地将盒子打开了，是先生。他静静地睡在那里呢，轻一点呀，别打搅了先生。

告别仪式开始了。没有放哀乐，我怕哀乐。放的是圣·桑的《天鹅》，多么优美呀。先生是热爱美好的东西的，他唾弃丑恶。我见到许多人。王蒙来了。张兆和（沈从文夫人）来了。铁凝来了。范用来了。范用拄着拐杖，他不断地流泪，不断地揩呀揩呀。

几十分钟的告别仪式很快就结束了。许多朋友走了，留下一些人，他们围在汪先生身边，看一眼，再看一眼。

最后大家终于纷纷走拢过去，将那一捧捧的鲜花摘下来，放在先生的身上。大把大把的月季，大把大把的康乃馨，大把大把的勿忘我……先生被许多许多的鲜花簇拥着，覆盖着。他是抱着好多好多的鲜花走的呀！

# 第二记 行走笔记

小引

我的一个朋友，曾写过我的一个印象记，开头写道："两年前的一个秋夜，他斜躺在床上读了一本书，那就是当代著名作家汪曾祺先生的《晚饭花集》，书中纯朴的风土人情使他激动得不行，天一放亮，便揣上五十块钱不辞而别，鬼使神差地去了书中写到的苏北。"我的这位朋友所说是真的。1988年10月12日，在我二十六岁的时候，我只身进行了我人生的第一次行走，实地勘察了苏北地区的风土人情，记下了以下的原始笔记。这一切都是因为一个人——汪曾祺，一本书——《晚饭花集》。

## 1988年10月12日 星期二 晴

今天早晨六点从天长县出发，到扬州九点左右，购得九点四十五分到高邮的汽车票。路经江都县。江都县是个不错的县，很美丽，是水乡，著名的江都水利枢纽工程在此，有万福闸和江都船闸。整个县城四面是水，给人以水的感觉。车在到江都之前看到的也只是平原、田野。秋后的田野，庄稼都已收割。江都一过，就见到苏北运河了（在扬州见到了扬州运河大桥）。汽车在运河大堤上飞驰。一边是运河，一边是田野。运河很宽，两边的大堤上一派绿荫。运河里有很多船——拖船、机帆船，“突突突”地开。田野上有些农舍，农舍都是瓦房，黑瓦。我们在河堤上就见到一片屋脊。河堤两边长着很高很粗的洋槐，绿荫很浓。堤畈有许多芭叶柳。农人正在收割，一抱一抱地放在河堤上。

见到了汪曾祺先生在《大淖记事》里写的车逻镇。

到高邮县。先见到一座塔，挺破的。后知道叫镇国寺塔（曰西塔）——另一座叫净土寺塔，在县城东，又叫东塔。（传说见《高邮风物》第八十页。）镇国寺塔，汪曾祺在《高邮风物志》序中说：“地势很好，洲上现在种的树杂乱无章，且多是槐、榆之类，这个小洲似可辟为果树园，种桃、种杏、种梨。春华秋实，这样坐在运河的船上望之如锦绣，使过客很想泊舟到洲上喝一杯茶，吃几块界首茶干。”我早晨坐车来的时候，见到两座破塔，我估计是西塔、东塔，不过究竟是否，不能确定。

之后我沿着大路往东跑，见到一个古迹。看时叫文游台，花花绿绿的，是高邮一景。汪曾祺说："文游台离我家很近，步行十分钟即可到。"他上小学的时候，每年春游都是上文游台。正月里到泰山庙看戏，也要顺便上文游台去逛逛。文游台真不错。因为地势高，眼界空阔，可以看得很远。印象最深的是西面运河里的船帆，由绿树梢头轻轻移过。再就是台边种了很多蚕豆，开着浅紫色的繁花。

汪曾祺家住在东门。

东门有一条古街。确实是古街，我认为挺长。汪曾祺就是在这条街上长大的。东街有处叫草巷口，过去，就是汪曾祺著名小说《大淖记事》里的大淖了。中间据说确有一岛，长些野草。

东街给我留下了极深的印象。

下午住到高邮工业招待所，憩了一会儿，去县文联，见到县文联的陈主席、朱主席（叫朱延庆，写《高邮风物志》的）和某秘书长。他们还是很友好、很客气的，为我介绍了一个叫王树兴的文学朋友。

王树兴带我到王氏（王念孙、王引之）纪念馆去看了一下。据说王氏是研究训诂的。我在纪念馆见到了叶圣陶老人的手迹、叶至诚的手迹及程十发的画。王氏的墓据说葬在吾乡天长县，便到天长县去找了，并且找到了。

之后王树兴还带我见了汪曾祺《皮凤三楦房子》中的高大头原型，并且说"高大头"见到汪曾祺先生这篇文章，说汪先生诬蔑他，要自费上北京告他。我见到的是“高大头”的侧面，他正趴在小桌子上吃饭。他儿子倚在门口。以坐的姿势看，身材是挺魁伟的，头也很大，确实大。汪曾祺在《皮凤三楦房子》里说是“倒置的鸭梨”，我说是也。

在高邮县新华书店买了一本《汪曾祺自选集》。

（记于高邮县）

## 1988年10月13日 星期三 晴

早晨六点多起床，到高邮车站，买了八点半到兴化市的车票。吃一点东西，就和一个骑三轮车的老师傅聊了一会儿高邮，时间到了，就上了车。

车子在马路上飞驰，两边都是水。水里行着一些小船。路边的松树长得不太高。水边有许多丛芦荻。如汪曾祺先生在《受戒》最后写的，“紫灰色的芦穗，发着银光，软软的，滑溜溜的，像一串丝线”。

车子经过了二沟、三垛等镇，都是挺大的镇子，这些汪先生在小说中都曾写到过。路上过了许多桥，见到许多船，真是水乡啊。我们那可不是随处都见得到船的。

到了兴化。

兴化今年3月撤县设市了，并且办了一份《兴化报》，如我们地区的《滁州报》。我没有在街上走，到市农行找了一个姓杨的科长，由他带我去参观郑板桥故居。

杨科长是个矮个子，和我并排走时一直仰着脸和我说话。

他带着我穿过许多古老的小巷，过了许多桥，见到许多船。兴化真是一个水城，有绍兴的风味，有威尼斯之特色。终于到了郑板桥纪念馆（有个板桥卷），一个石库门，高门槛，进门迎面是刘海粟老人写的“×××”（记不清了）。过了一个小门，是一个天井，天井里种了几棵翠竹，有许多盆兰草。地是箩底方砖铺就。有三间坐北朝南的堂屋，迎面是一尊板桥老人的铜塑像，是一位镇江人铸的。屋里陈列了一些名人字画，右手一间可能是板桥住处，现在也只是陈列了一些板桥用过的东西，如砚台，还有一个剪子似的东西。再就是板桥的字和画，都是复制品。

有“难得糊涂”——聪明难，糊涂难，由聪明而转入糊涂更难。放一着，退一步，当下心安，非图后来福报也。

有“吃亏是福”——满者，损之机；亏者，盈之渐。损于己，则益于彼。外得人情之平，内得我心之安。既平且安，福即在是矣。

这两句是板桥的座右铭。

右手是一个厢房。里面有锅灶，想必是当年板桥用膳之处。内有一副对子，是板桥的生活准则：

白菜青盐粯子饭

瓦壶天水菊花茶

另外，板桥还有几副名联。“室雅何须大，花香不在多”，这是不用说的了。

“删繁就简三秋树，领异标新二月花”，我妻张秀家即挂此联。我也略知些。

还有一个“春风放胆来梳柳，夜雨瞒人去润花”，是好句也。

板桥不仅善画竹，还善画兰。

他的一年四季屏真是妙极。

春——春兰如美人，不采羞自献。

夏——敢云少少许，胜人多多许，努力作秋声，瑶窗弄风雨。

秋——秋菊黄花。

冬——暗香浮动月黄昏。（腊梅）

之后翻资料：郑燮（1693—1765），活了七十二岁。字克柔，号板桥，江苏兴化人。早年家贫，应科举为康熙秀才、雍正举人、乾隆进士，曾任山东范县（今属河南）、潍县县令，后以助农民胜讼及办理赈济得罪了豪绅而罢官。他善画兰、竹，风格劲峭，工书法，能诗文，是“扬州八怪”的代表人物。郑板桥故居是他四十四岁前居住的旧址，庭院古朴清幽，兰、竹萧疏有致，保持了“室雅何须大，花香不在多”的情景。

整个板桥故居确实给了我这种感觉。

之后与杨科长分手，我到一小酒馆，要了一份炒肉丝、四两米饭。正要吃，见一大汉进来，进门嚷着要酒要菜，手内提了半袋花生米。我见这人好面善，便上前招呼，知是天长县扬剧团武生演员某某某。我邀他同坐，又拿两瓶啤酒。他买了一份炒猪肝、一份烧豆腐，又倒出手内的那袋花生米。我们边喝边聊，好不快活。

饭毕，他指点我到车站，上了一点半的汽车。回到高邮县，三点左右，恰这时有一辆上海到淮安的客车，我招手，车停了下来。

高邮到淮安，一路都是沿着运河大埂而行。途中一路风景，经过界首县、汜水镇。这两个地方都是在运河堤下，我从汽车内看去古老至极，一律小砖小瓦房子，在运河堤下，一直过去，巷子最仄，用麻石铺就。我们在车上只看到一片屋脊。

运河好宽好宽啊。堤上的马路都是柏油铺的，好宽好宽啊。

到了宝应县。

宝应县城不错，有一条大街很气派，是水泥铺就，相当宽，我们县是没有的。两边的房子亦很好。街边的法国梧桐已蛮粗。

我和阜宁县的一个朋友同住在一家私人旅社，我们一同游了一个叫“纵翟园”的公园，内有一亭，叫八宝亭。说的是明朝一个僧尼某天在庵里读经，忽然天上一阵祥云过去，落下八样物件，尽是珍宝，多年过后，她献给了皇上。

还游了宝应县的烈士陵园，里面相当清洁，相当安静。这是一个非常好的县城。我所到的江都、高邮、兴化、宝应诸县均比安徽的县城好。且运河一线的诸县是有历史的，是相当古老的，有文化气息。

汪曾祺有小说《卖眼镜的宝应人》。

汪曾祺爱引用《板桥家书》中的“天寒地冻时，穷亲戚朋友到门，先泡一大碗炒米送手中，佐以酱姜一小碟，最是暖老温贫之具”，他说“觉得很亲切”。我可以肯定地说，“扬州八怪”中的郑板桥、金冬心等，对汪曾祺的气质是有影响的，他从小就浸淫在里下河一带的文化里。

（记于宝应城）

## 1988年10月14日 星期四 晴

早晨五点半起床，漱了一下口，洗了脸，就约阜宁朋友上街了。车子是八点二十分的，离发车时间还早得很，我们便沿着昨天下午逛的大街又逛了起来。宝应是个美丽的县城，有街心公园，且有一个湖，是活水，水很清，里面有鱼，有时“哧”地一下，能跃出水面好高。湖面上有雾气漫漶。湖边老人很多，边聊天边甩手甩脚，也有打拳的，但很少。湖里长了许多绿色的草，还有浮萍。

我们逛了半天，时间才过去半小时，又逛了一遍，索性站到自由市场看人家做买卖。宝应是水乡，鱼、蟹、鳖很多，但也贵。螃蟹要十四块钱一斤，鳖要二十六块钱才能买到一斤，鱼也是两三块钱往上才能买到。

但是有许多。只要有钱，就能吃到。这很好。

我在一个卖鱼汉子的摊前站着看了好半天。他很会做生意。买主说他态度不好，但还是喜欢买他的。何故？此人直性子也。别人放心他的秤，也可以刮他三分二分钱，他不计较。但因为他直，说什么价钱就什么价钱，变不得，要买就买，不买拉倒。

我看到一个汉子买了几条小鱼，还了半天价才还到两块四。往戥子里放的时候，蹦出一条，他赶紧换了一条大的，讨一点巧，其实还是要钱的，也不是不要钱。

一妇女买六条鱼，价格两块六，称好后给放一边，一中年男子也拣了六条，说价格也给两块六，卖鱼汉子不允。中年男子说："你称呀，你称呀……"卖鱼汉一称，比中年妇女的多一两，中年男子说话了："她六条，我也六条，才多一两。不两块六一斤要多少？"卖鱼汉子哑然，只得认了。

一个卖千张的少妇称了千张给一个乡下人。乡下的男子说少秤了，少妇恶得很："你再称呀，你再称呀……"正说着，一个市场管理员姑娘来收管理费，她赶紧改口："你大哥哥，我能少你秤吗？不作兴的。"口气软得绝，也煞得太快。

时间七点半，我们还得赶车，不能再恋看了。

宝应人是富裕的，他们吃鱼的非常多。嘴里说着"太贵，吃不起，现在东西真是越来越贵了"，手里却不停地往自个篮子里捡，且挑大的捡，还要透活的，不吃死鱼。

这真是一种有趣的现象。

八点二十分又上了车。车子又沿着运河继续北行。路是柏油路，两旁长着些树，运河时现时掩，有各种船只来往穿梭。有时也拐弯，弯也挺大。我没有座位，站在了前面。

车子飞驰着。

九点半左右车子进了淮安站。

出了淮安站，买了中午十二点二十分淮安至南京的票。赶紧邀阜宁朋友带我去周恩来故居，去镇淮楼，去韩侯祠。我们首先上了镇淮楼。

**镇淮楼** 镇淮楼没有什么看的，古城楼一样。始建于宋代，原为镇江都统司酒楼，明时曾置铜壶刻漏以报时，曰“谯楼”，后又因扼于城中，楼下拱门为南北要道，故有“南北枢机”之称。清时因淮水泛滥，同治年间改称“镇淮楼”，取镇压水患之意。楼上现在正展出对越作战的一些用物，如战士血衣、子弹壳做的手杖、炮弹壳做的和平鸽、山东姑娘送给战士们的绣花绣字鞋垫、缴获的越战兵的日记本等等。

**文通塔** 吴承恩在《西游记》里多次描写的文通塔，结构是“壁里安柱”。塔可登，我与阜宁朋友登上了。并没看到什么景，没有“古城风光，尽收眼底，运河如练，湖水如绕，一池菡萏，半截塔影”的感觉。

塔底层中心确有四尊释迦牟尼像，面朝四方，盘席华盖之下，塔顶心也有一座观音坐莲。塔为七层八角，在运河之畔、勺湖之滨。始建于隋仁寿三年（603年），距今一千余年。建塔与释迦牟尼像有关，说西域一个王想见释迦，无从，就用檀木刻一尊释迦的像，曰“旃檀像”。之后此像流入中国，在中国各寺院供奉。隋时供奉在江南，淮安即动工建此塔，唐贞观至宋初，此像供于文通塔。

**周恩来故居** 故居由东西相连的两个院落组成，东宅院大门面东临附马巷，进门向北走，有坐北朝南主屋五间，分隔为西三、东二两个小天井。西三间是周恩来的诞生地。东二间是周恩来幼年念书处。西宅院大门面南临局巷，一共三进十一间，那是他叔父住的。两个宅院由一狭长的小院连接，小院间有一口小井，古时长着两株腊梅、一棵雪松和一丛翠竹。

纪念馆里陈列了周恩来用过的夹袄、手表、裁纸刀，写给淮安县委的信，以及许多书法作品。塑了两尊周恩来铜像，一尊是少年的，一尊是中年的。

**汉韩侯祠** 有一说“江淮多侠士，上将数韩信”。韩信一直是跟刘邦打天下的，可后来竟被刘邦杀了，有“兔死狗烹”一说。人们誉韩信为“兴汉三杰”之一。韩信小时生于淮安，家里穷，吃过漂纱大娘的饭，钻过杀猪屠夫的胯裆，有“胯下桥”为证。之后韩信衣锦还乡，酬漂纱大娘以千金，任当年屠夫为中尉，说：“方辱我时，我宁不能杀之？杀之无名，故忍而就于此。”韩信当兵多年，一直不被重用，只得逃走，幸好被萧何追回，有“萧何月下追韩信”一说。可有谁追我呢？

十二点二十分上车，车开了一段，到了洪泽湖大埂。洪泽湖真大，车在湖埂上整整开了半个小时，才另择路。湖里有许多船，小如蝌蚪。湖若是张白纸，船便是几滴墨汁。过了洪泽城。洪泽县也不小。见到三河闸，三河闸真长，车开小半天才开过去。（三河闸在洪泽蒋坎镇。）

约三点半到汉涧，坐便车到天长，坐开往湖滨乡的车到杨村镇，到时约晚上五点钟。

这次旅行三天，既紧张又愉快。虽然人累些，吃点苦，花了钱，可收获是大的，读三天书是读不来的。这三天将受用三十年，甚至一辈子。共途经七个县（市）——扬州市、江都县、高邮县、兴化市、宝应县、淮安市、洪泽县。用去约五十块钱，其中车票住宿约二十五元。总的感觉是，苏北里下河地区是个美丽的地方，湖泊多，水多，有高邮湖、洪泽湖、大运河，还有万福闸、三河闸。水多则桥多，则船多，则渔人多，则水鲜多——鱼、蟹、虾。渔人皮肤粗且肤色黑，大手，大脚。苏北人龅牙的似特别多，不管你在饭馆、车站、街上，随处都能遇见一两个。他们上牙外龅，大嘴咧着，一脸憨气，为人诚实，朴实可信，热情好客。

我将记住这次旅行。

从此，我的笔名便叫了苏北。

（记于杨村东屋）

# 第三记 汪一文狐

闻一多先生在西南联大教《楚辞》，走上讲台，点燃烟斗，开篇第一句话就是："痛饮酒，熟读《离骚》，乃可为名士。"刚刚从偏僻的水乡高邮独自来到大西南昆明的汪曾祺就坐在莘莘学子之间。多少年之后，汪先生仍然非常清晰地记得这句话。我臆想，这句很名士气的话对汪先生的人生态度一定产生过某种潜移默化的影响。这种影响是看不见的。"菌子已经没有了，但是菌子的气味留在空气里。"

前些时候在《作家文摘》上读到叶兆言的一则短文，他说林斤澜先生多次跟他提到，汪曾祺为人很有名士气。这，在与汪先生的交往中我也深切地感受到。首先，"痛饮酒"我是知道的，汪先生喝酒，不是一口一口地抿，也不是一口一口地呷，他真是"饮"，一喝一大口，一喝一大口。我曾对汪先生说："您喝酒太猛了，喝慢一点。"可是没用，他已经这样喝了一辈子了。

我曾在一本书的后面记道：今天（1997年5月10日）到汪先生家去。汪先生留饭，他拿出一瓶五粮液给我："你自己喝。"他则倒了吉林产的一种什么牌子的葡萄酒。"先生猛喝葡萄酒。"

这个4月我在北京，同作家龙冬、汪朗（我们的兄长、汪先生的儿子）相邀，到福州会馆汪先生生前的家里坐了坐。屋里所有的摆设、布置仍一如生前。书桌、台几依然旧貌。一对几十年的老式沙发，还是汪先生岳父家的。茶几上一只铜制的烟灰缸依然摆放在那里。这只烟灰缸我是相当熟悉的。沙发上方的墙上，一幅汪先生小照依然挂在上面。这是一帧凸显汪先生个性、气质的作品，乃《纽约时报》记者的杰作。汪先生本人非常喜欢这张照片。照片上的汪先生穿着条格衬衫，双目凝视远方，专注而执着；手中的烟卷已燃了一半，挂着长长的烟灰；白发稀疏，略显卷曲，极具风采。这张照片是汪先生1996年从蒲黄榆搬到福州会馆来时挂上的。原来沙发上面的这个地方一直挂着一幅高尔基（应是鲁迅）的木刻像，是黄永玉的作品。搬过来后，就换上了这幅。汪先生说："也该挂挂我的了吧！"你可以想见，这个儒雅而飘逸的老头说这话时自负的表情。

我和龙冬坐在那对老沙发上，春天的阳光从书案上方的窗子照射过来，打在午后的墙上。汪朗为我们拿来两瓶汽水。我们便在这个午后聊了起来。

我可算得上是汪先生的忠实读者。我拥有汪先生的几乎所有的作品。《羊舍的夜晚》《汪曾祺短篇小说选》《晚饭花集》《汪曾祺自选集》《老学闲抄》《蒲桥集》《草花集》《汪曾祺散文选集》《独坐小品》和新近出版的《汪曾祺自述》《晚翠文谈新编》。至于五卷本的《汪曾祺文集》和他去世后出版的八卷本《汪曾祺全集》，我肯定是少不了的，连非卖品《汪曾祺书画集》我也拥有。可多少年来，我对汪先生的书并没有真正读通，有的甚至读过多遍也没读通。我曾在报上见过一则短文《读书之要在于“通”》，我因不得“要领”，于是“不通”。因此对先生的许多作品是只知其然，而不知其所以然。这次与汪朗的午后长谈，使我有豁然开朗之感，把许多零碎的感觉“串通”了起来，使我接近“通”了。

汪曾祺为何成就为“汪曾祺”？汪先生自己说过，“这种写法我独一份”。纵观汪曾祺的一生，他的主张是“一贯的”，有许多“看法”在年轻时就已经形成。他为什么写不了长篇小说？其实从二十多岁起就注定他只能写短篇。他的思绪是片断的，他是只注重直觉和印象的作家。他二十七岁时写的一篇发表于1947年天津《益世报》“文学周刊”第四十三期上的关于短篇小说论的《短篇小说的本质》，对小说的“看法”已经形成：“如果长篇小说的作者与读者的地位是前后，中篇小说是对面，则短篇小说的作者是请他的读者并排着起坐行走的”，“短篇小说的作者是假设他的读者都是短篇小说家的”，“他明白，他必须‘找到自己的方法’，必须用他自己的方法来写，他才站得住，他得在浩如烟海的文学作品，在一样浩如烟海的短篇小说之中，为他自己的篇什觅一个位置”。这已说得够明了的了！汪先生不仅是这样说了，而且他也做到了。他以《受戒》《异秉》《大淖记事》等优秀的短篇小说，真的为自己“觅到了一个位置”！这篇文论1949年后早已散失，也很少有人知道在20世纪40年代，汪先生已发表过自己的文学宣言。现在的这稿是在汪先生去世后，编他全集的同志后来在图书馆找到的。而这些观点，在汪先生六十岁后又被他反复提起。由此可以看出，汪先生的小说观早已形成。只是中华人民共和国成立后的许多年，由于各种原因，汪先生不便或是不能再写小说，直到十一届三中全会之后，迎来了文学的春天，才有了汪曾祺的短篇小说。这个春天要是迟到二十年，文学史上也就不会有“汪曾祺”了。

（一位美国小说家说，他终生喜欢短篇小说，因为人生不是一部长篇，而是一连串的短篇。铁凝不久前在为她的短篇小说《逃跑》写的创作随想中说：“我们看到的他人和自己，其实都是自己和他人的片断。好的短篇小说在于它能够把这些片断弄得叫人无言以对，精彩得叫你猝不及防……”）

汪曾祺为什么能够成为“汪曾祺式的”，而不是别的？这其实与汪曾祺的经历、学养和凝视生活的方式有关。一个人的一生说复杂也复杂，说简单也简单。汪曾祺也是。汪先生的经历主要就是四大块：在家乡生活了近二十年，在昆明待了七年，下放到张家口劳动四年，以后在北京京剧团工作了近三十年。汪先生童年在苏北水乡高邮度过。他有一位酒后痛诵唐诗的祖父和一位春秋佳日打开画室的父亲。他的父亲是个生活极有情趣的人，会画画，会扎风筝，是个有闲情逸致的雅人。用林斤澜先生的话说，是“从小开始的‘琴棋书画’的熏陶”。昆明七年，西南联大期间即转来读西方翻译小说，纪德、萨特、契诃夫、阿索林、蒙田……特别要说的是汪先生在《民间文学》的三年，阅读了大量的民间文学，吮吸到民间文学的乳汁，使他的语言锤炼得更简洁流畅、平实生动；下放到张家口农科所劳动的四年，汪先生自己说，“这四年对于我来说很重要”，“我比较切实地看到中国的农村和中国的农民是怎么回事”，这对汪先生日后的生活态度影响极大；京剧团的三十年，使汪先生和京剧结下了不解之缘，汪先生自己说，“中国戏剧与文学——小说，有割不断的血缘关系”，有评论家说汪先生的“小说语言受了民歌和戏曲的影响”，汪先生承认“他说的有几分道理”。当然，研究一个作家的风格的形成，不可能像化学分析一样，说民歌的影响占几成，戏曲的影响占几成，古典文学、西方文学的影响各占百分之多少。它是一种“化”，是“树干内部的液汁流转”。一篇作品的语言，是一个有机的整体。

“五一”假期，把汪先生的一些作品拿出来又读了读，特别是我将他1948年写的《异秉》和1980年重写的《异秉》对照着读，真是有意思得很。旧作《异秉》创作时汪先生才二十八岁，旧作明显稚嫩一些，文字较涩，也不够自然，与新作相比单薄了许多，也没有引进张汉轩其人，也没有药店人物的详细描写，即“且说保全堂”部分；而新作则通达疏朗，文字清新自然，老辣得多，特别是融知识性、通俗性于一体，自自然然，通篇浑然天成，没有一丝斧砍刀削痕迹，真是难得得很。这时的汪先生可以说已经炉火纯青了。这种文字不是一般人随随便便能写得出来的。

（邵燕祥先生曾说，在汪曾祺面前，常常觉得自己算不上一个真正的读书人。这样的作家，是文化传统和时代潮流适逢其会地推出来的，不是随随便便“培养”和“造就”得出来的。）

汪先生六十岁后开始重新写小说，也不是一下子就找回来了。那时别人都解放了，而他因为“样板戏”，要“说清楚”，其实是说也说不清楚的。汪先生那一段日子其实过得是很不痛快的，人很苦恼。汪朗在《老头汪曾祺》中曾写道：“爸爸受审查，上班时老老实实，回家之后脾气却不小。天天喝酒，喝完酒就骂人，还常说要把手指头剁下来以‘明志’”。他已多年不作画，这时开始提笔作画，“他画的画都是怪里怪气的，瞪着眼睛的鱼，单脚独立的鸟。画完之后题上字：八大山人无此霸悍”。他是借画抒发自己心中的闷气。这时有许多朋友劝汪先生拿起笔来，再写小说，可毫无效果。直到有一天（1979年春天的一天），人民文学杂志社的王扶找上门来约稿，汪先生才重新拿起笔来。（此时汪先生已十来年没写过小说，还能写好吗？）汪先生“文革”后的第一篇小说应该是《骑兵列传》，写的是在内蒙古走访的几个老干部的经历。这篇小说其实写得并不好，有些呆板。之后又写了《塞下人物记》《黄油烙饼》，反映平平。汪朗在《老头汪曾祺》中也说到，老头“打了个哑炮”。可老头毕竟学养深厚，又经了岁月的淘涤，到1980年5月重写《异秉》之后，很快将感觉找了回来。到同年8月写出《受戒》之后的一年多，相继写出《大淖记事》《岁寒三友》和《寂寞和温暖》。

都说汪曾祺“淡”，其实汪曾祺一生并不平淡。林斤澜先生在《注一个“淡”字》一文中曾说过，汪曾祺的一生并不平淡，在列举了汪先生几个重要“阶段”后，林先生说：“就这么一个简历，能说‘平平常常’吗？‘戴帽子’‘两道箍’，能‘平常’得了吗？”汪先生不是那种呼天抢地式的作家。他自己也说过，“我没有写过重大题材，没有写性格复杂的英雄人物，没有写强烈的、富于戏剧性的矛盾冲突”。他说，“但这是我的生活经历、我的文化素养、我的气质所决定的”，“你不能改变我！”是的，汪先生曾写过一篇小说《寂寞和温暖》，这篇小说不是他主动写的。当时写“反右”的小说很多，家里人对他说：“你也当过‘右派’，你也把这段事情写写。”汪先生于是便写起来。写成之后一看：怎么回事？和其他人写的“右派”的事不大一样，没有大苦大悲，没有死去活来撕心裂肺的情节，让人一点也不感动。大家说不行，得改。老头二话不说便重写起来，一直写了六稿。最后一看，其实和第一稿没有什么区别，“还是温情脉脉，平淡无奇”。还是汪先生自己说得好：“一个作家应该通过作品让人感觉生活是美好的，是有希望的，有许多东西弥足珍贵。”汪先生曾在一幅画上题了一首诗，其中有两句：“写作颇勤快，人间送小温。”在为宗璞画的牡丹上，题了“人间存一角，聊放侧枝花”。七十岁生日，写了一首自寿诗《七十书怀出律不改》，其中有一句：“不开风气不为师。”汪先生对自己的评价是：“中国式的抒情人道主义者。”这是夫子自道，并非诳语。

有个叫杨早的人，写过一篇题为《追忆汪曾祺》的短文，说“仰头、低头、侧头，从不同角度看，汪老就像一个人有很多副面孔似的”，又说“汪老捂着嘴偷笑的时候，很显‘猴相’”。汪先生1920年生人，本来是属猴的。我倒更愿意汪先生有“狐相”。汪先生曾改写过多篇《聊斋志异》，如《陆判》《画壁》《双灯》《瑞云》《蛐蛐》等，也写过一篇名为《名士和狐仙》的短小说。一般说来，老狐是颇有灵性的。汪先生笔下的人物“飘然而来，飘然而去”，通鬼神，达三界。汪先生晚年的文字越发老到。沈从文先生的夫人张兆和先生说：“曾祺下笔如有神，这样的作家，越来越少了。”是的，汪先生去世前几年的作品，如《窥浴》《护秋》《露水》《水蛇腰》《兽医》《熟藕》等，确实“如有神”，透出一股灵狐之气，似“一匹沉思的老狐的精灵”。

# 第四记 与黄裳谈

我一直对汪曾祺1947至1948年在上海的一段岁月感到十分好奇和向往。那是一段神采飞扬的岁月，也是深埋在头脑中的永远抹不去的美好记忆。关于这段记忆，汪曾祺回忆得不多，倒是黄永玉不断地提起，黄裳也说过几次。

黄永玉在《太阳下的风景》中说：

朋友中，有一位是沈从文的学生，他边教书边写文章，文章又那么好，使我着迷到了极点。人也像他的文章那么洒脱，简直浑身的巧思。

看到这些，真是非常羡慕他们当年的友谊。那时他们都才二十几岁——黄永玉最小，二十三岁，汪曾祺二十七岁，黄裳二十八岁，都正是青春飞扬的年岁，精力又是那么地好，内心又膨胀着对未来的无限想象，真是十分快活。

黄永玉在《黄裳浅识》中又曾写道：

> 我一直对朋友鼓吹三样事：汪曾祺的文章、陆志庠的画、凤凰的风景。

还要说什么呢？这就是一个人对另一个人的友谊，也是一个人对另一个人欣赏到极点、迷恋到极点的肺腑之言。

我忍不住想听听他们亲口所说，于是只得写信给黄裳，说出我对他们那段生活的迷恋，想请他谈谈那个年月的情形。传记作家李辉说，黄裳是个极其沉默的人，与他坐在一起，他能一直沉默，不说话，如“一段呆木头”。可对于写信，黄裳倒是有兴趣的。果真，我信写出去不久，来自上海陕西南路的回信就收到了。黄裳写道：

> 苏北先生：
>
> 惠函及大作《灵狐》，杂志一册俱收到，谢谢。
>
> 曾祺系旧友，去世后曾写数文念之，俱以《故人书简》为题，想都看到。1947—1948年沪上相逢，过从甚密，往事如尘，难以收拾。近黄永玉撰《黄裳浅识》长文，有所记录，亦因五十年长事，不无出入，亦殊无必要一一追忆矣。
>
> 曾祺“文革”中上天安门，时我在干校，因此得批斗之遭亦可记。八十年代（或九十年代）过北京，曾谋一晤，而以赴

张家口演讲不果，得一信并一画，后又一次同游扬州、常州、无锡；访香港亦同游，但觉其喜作报告，我则视若畏途。琐聊供参阅，闻近来频有新书出现，因我不上书店，俱无所见，如蒙见示一二，幸甚。

匆祝撰安！

黄裳

2007年7月29日

黄裳与汪曾祺相识是在巴金家里，这时他似乎已到致远中学教书。1946年7月，汪曾祺自昆明经越南、香港来到上海，已十分潦倒贫困。在香港，为等船期，滞留了几天，这时他已近身无分文了。他寂寞得“连个说话的人都没有”（《芋头》），整天无所事事，在走廊上看水手、小商人、厨师打麻将。心情很不好，因为到上海，想谋一个职业，可是没有一点着落。他在自己所住的一家下等公寓的一片煤堆里，发现长出一棵碧绿肥厚的芋头，而“获得一点生活的勇气”，可见得他在羁旅之中寂寞的模样。

到上海，汪曾祺寄住在同学朱德熙母亲家里。老家高邮，正在战火之中，有家不能回。他本想在上海找一个能栖身的职业，可是一连几次碰了钉子。在情绪最坏时，甚至想到自杀。他把在上海的遭遇写信告诉沈从文，没想被沈从文大骂了一顿：“为了一时困难，就这样哭哭啼啼的，甚至想到要自杀，真是没出息！你手里有一支笔，怕什么！”沈先生又让夫人张兆和从苏州写一封长信安慰汪曾祺，同时写信给李健吾，请他多多关照自己的这个学生。

李健吾对汪曾祺是有印象的。因为在昆明，沈先生就多次向他推荐过汪曾祺的小说。汪曾祺早期作品《小学校的钟声》《复仇》都是发表在他和郑振铎主办的《文艺复兴》杂志上。

汪曾祺找到李健吾，李健吾只好将他介绍到自己学生所办的一间私立中学——上海致远中学教书。这时正是1946年的9月。

巴金的夫人萧珊毕业于西南联大，巴金又是沈从文的好朋友，于是汪曾祺在巴金家与黄裳相识了。同时相识的还有黄永玉。黄裳信中所言“1947—1948年沪上相逢，过从甚密”，这从《故人书简·记汪曾祺》亦可得到印证：

认识曾祺，大约是在1947至1948年顷，在巴金家里。那里经常有萧珊西南联大的同学出入，这样就认识了，很快成了熟人。常一起到小酒店去喝酒，到DD'S去吃咖啡，海阔天空地神聊。一起玩的还有黄永玉。

黄永玉在《黄裳浅识》一文中说，他曾“见过汪曾祺的父亲，金丝边眼镜笑眯眯的中年人”，想必也是在上海的那个时期。那时黄永玉在闵行县立中学教书，每到星期六，“便搭公共汽车进城到致远中学找曾祺，再一起到中兴轮船公司找黄裳”，于是“星期六整个下午到晚上九、十点钟，星期天的一整天”都混在一起。黄永玉笑谈：“那一年多时间，黄裳的日子就是这样让我们两个糟蹋掉了，还有那活生生的钱！”几十年后黄永玉回忆起来，“几乎如老酒一般，那段日子真是越陈越香”。

关于上海的那段日子，汪曾祺没有专门著文去说，都只是零零散散地散落在小说散文中。小说《星期天》专门写了在致远中学的生活。在《读廉价书》一文中，汪曾祺写道：“在上海，我短不了逛逛书店，有时是陪黄裳去，有时我自己去。”在《寻常茶话》中写到上海：“1946年冬，开明书店在绿杨村请客，饭后，我们到巴金先生家喝功夫茶。”这里的“我们”，定会是黄裳和黄永玉等。

黄裳在信中说：“曾祺‘文革’中上天安门，时我在干校，因此得批斗之遭亦可记。”这已经是1957年“反右”之后的事了。黄裳在《故人书简·记汪曾祺》中亦曾提及：“后来曾祺上天安门，那时我在干校里，却为此而挨了一顿批斗，警告不许翘尾巴。”现在读之不仅让人失笑，笑是觉得荒唐。可那时的黄裳，是无论如何也笑不出来的。

黄裳信中所说，20世纪八九十年代，又与汪同游扬州、常州、无锡，访香港亦同游。这时的汪曾祺已写出《受戒》《大淖记事》等小说，在文坛大红大紫。汪先生已经从“壳里”解放出来，心情大为舒畅。可以说，汪曾祺的天性得到伸展，他本来也就是这个样子——倜傥潇洒。应该说，比在上海的时期还要更好。大约可以和他刚到昆明的初期相仿耳！所以黄裳说“但觉其喜作报告，我则视若畏途”。黄裳天性是寡言的，正如黄永玉所说，“大庭广众下是个打坐的老僧”！

黄裳在信的最后说到，近闻汪曾祺频有新书出现，因其不上书店，俱无所见。于是我立即到书店，购了一套山东画报社出的《人间草木——汪曾祺谈草木鱼虫散文41篇》《汪曾祺文与画》《汪曾祺说戏》《五味——汪曾祺谈吃散文32篇》《汪曾祺谈师友》和《你好，汪曾祺》给他寄去。不久我便收到黄裳的回信：

苏北先生：

一下子收到好多本书，颇出意外。山东画报把曾祺细切零卖了，好在曾祺厚实，可以分排骨、后腿……零卖，而且“作料”加得不错，如《人间草木》。应该称赞是做了一件好事，我有曾祺的全集，但少翻动，不如这些“零售”本，方便且有趣。

大作拜读，所着重指出处也看了。我没有什么别的意思，只是多年不见，怀念在上海的那些日子，曾祺在北京的朋友，我都不熟，想来他们之间，必无当年沪上三人同游飞扬跋扈之情，对他后来的发展，必有所碍。又曾见山东画报辑曾祺说戏一书，未收我与他有关王昭君辩难之文，可惜。

纸短，匆匆道谢，即请撰安！

黄裳

2007年9月10日

是的，汪曾祺当然“厚实”，黄裳同时也是十分欣赏汪曾祺的为人和为文。他在《故人书简·记汪曾祺》中说：“他总是对那些生活琐事有浓厚兴趣，吃的、看的、玩的，巨细靡遗，都不放过。他的小说为什么使人想起《清明上河图》，道理就在此。”

在同辈作家中，王蒙、林斤澜、舒乙都对汪曾祺的文字极为敬佩。邵燕祥曾说过：“在他面前，我常常觉得，自己算不上一个真正的读书人。”作家李陀说：“汪先生的文字，把白话‘白’到家，然后又能把充满文人雅气的文言因素融化其中，使两者在强烈的张力中得以和谐。这大概只有汪曾祺能罢。”沈从文研究者凌宇则说：“读汪曾祺的小说，你会为他的文字的魔力所倾倒。句子短峭，很朴实，像在水里洗过，新鲜、纯净。‘清水出芙蓉，天然去雕饰’。”是的，喜欢汪曾祺的人，在他的文字面前，就像在一泓清泉边，泉水静静地流淌着，随时掬饮一把，却有甘甜清洌之感。

汪曾祺的迷人之处，还在于他具有非常的捷才。说他是“最后一个士大夫”也好，说他是“当代才子”也罢，他随手点染的那些诗句，如果有人辑集起来，编一本《汪曾祺诗草》，那亦是十分美妙的一本书。一次他随作家代表团到云南访问。高原的光照强烈，女作家李迪戴着墨镜。一天下来，回到住地，李迪摘下墨镜，镜片遮住的皮肤雪白，鼻子和脸却花了。汪先生一见直笑，他脱口说：“李迪啊，为你写照八个大字，‘有镜藏眼，无地容鼻’。”他与宗璞等作家游太湖，临下船，他塞给宗璞半张香烟纸。宗璞展开了看，是一首打油诗：“壮游谁似冯宗璞，打伞遮阳过太湖。却看碧波千万顷，北归流入枕边书。”汪曾祺还擅长题画诗，他的题诗大多自拟，不仅切合赠画者身份，还才情兼备，佻达而有致。如果有人征集起来，亦可幸耳。

去年在汪曾祺十周年座谈会上，林斤澜说：“我生病在医院里，醒来，看见曾祺的人，他就不过来。我说，‘你过来。你过来。’他就是不过来，他就在那里说。仿佛这个人就在那儿坐着呢！”

林先生说：“一个叫美学需要，一个叫社会效果。这两个，汪曾祺都达到了。有些作品接近美学效果，有些作品接近社会效果。曾祺晚年写的《聊斋新义》，十几篇文章，我就想，年轻的同志要多琢磨琢磨，这里面有些名堂。汪曾祺的有些事情是要研究的。”近读林斤澜发在《文汇报》上的《无巧不成书》，说到汪曾祺。林先生说：“说曾祺‘下笔如有神’，我‘琢磨’神在高雅与通俗兼得。”

何镇邦说得也十分有趣。他说，汪曾祺从来不把自己当成什么了不起的人物，而是一个完全的老百姓——他到鲁迅文学院讲课，招待他用的都是“四特酒”。“四特酒”本来不是什么好酒，可他认为是好酒。一个算命的曾对汪先生说：“要是你戒了烟酒，你还能活二十年。”汪先生回道：

“我不抽烟不喝酒，活着干吗呀！”

汪先生好酒是出了名的。住蒲黄榆，他有时还偷偷下楼打酒喝。退了休，老太太管着他。一次他去打酒，小卖店少找了他五毛钱，老太太打楼下过，店主叫住老太太，给找回五毛钱。老太太回去一番好审："汪曾祺，你又打酒喝了？"开始汪先生还抵赖。老太太说："人家钱找在这！你还有什么好说的？"老头哑了。汪师母施松卿对老头一般有三种称呼：老头、曾祺和汪曾祺。老太太一叫"汪曾祺"，坏了！肯定有事了！汪曾祺写《安乐居》，老太太发动全家批判他：你居然跑到小酒馆喝酒了！——没有啊！——有小说为证！还抵赖！

这就是汪曾祺。

有的作家是"人一走，茶就凉"，而汪曾祺的价值却越来越凸显，身后越来越热闹。十年来，以至形成一群"汪迷"。那天邵燕祥悄悄对我说："'汪迷'的'格'比'张迷'要高。"之后他又神秘地悄声说："这不能给'张迷'知道，否则非打死我不可！"

是的，汪曾祺和张爱玲都是很世俗的作家，他们食人间烟火（有些作家似乎不食人间烟火），他们的笔下也更具人间烟火味；而汪曾祺似更"雅"一点，更书卷一点。（何镇邦说，他曾听汪曾祺骂过一次人。何镇邦说："老头子骂人也很文雅。"事因是听说广东某个大"左派"要当某作协主席。汪先生在电话中说："他要当主席，我退会！"）有人说汪曾祺是"三通"：古代的与现代的，中国的与外国的，严肃的与民间的。而何镇邦说得简单："老头子一辈子写美文、做美食。"汪先生的做菜原则是"粗菜细做"，做菜很简单，跟他的小说一样。一次他买回一个大牛肚，便给林斤澜和何镇邦打电话：“我刚买了个大牛肚！”何镇邦不想去：“我到你那打的要几十块！”汪先生在电话中嚷嚷：“我这个爆肚不是想吃就能吃得着的！”结果何和林胃口大开：“又脆又香！”多少年之后，何镇邦回忆起来，依然如此快乐。

汪先生在晚年，对青年人特别友好、关心。为许多青年人的新书作序，多有褒奖和扶掖。他为年轻人写的文字，真是举轻若重、举重若轻。有时年轻人来访，他会主动问：“我给你画个画，好吗？”他并不觉得自己的画值钱。他曾经给一年轻朋友画了一幅画，被别人见到，要用五百块钱买去。汪先生知道后说：“你为什么不卖？我还可以给你画嘛！”赵大年说，有一个问题他始终搞不懂：汪曾祺为什么讨女孩子喜欢？参加笔会，一起游船，汪先生的船上都是女作家，而他们的船上一色的老爷们。汪曾祺的文章，不受某些官员喜欢，但是女孩子都会喜欢。是啊，汪先生的文字是温暖的。爱人者人家也爱啊！一次在火车上，说起传世之作，赵大年说《受戒》可以传世，汪曾祺说：“一个人写一辈子，能留下二十个字就不错了。”赵大年说：“汪曾祺不光女孩子喜欢，连我这个白发老头子也喜欢他。”

汪先生去世后，他的子女在他的灵堂前摆放了一壶酒、一包烟。

“这个灵堂，我赞成。”何镇邦如是说。

何镇邦是理解汪曾祺的。许多人理解汪曾祺。十多年过去了，汪曾祺的书都在书店里。许多人在读他的书。黄裳说得很对，汪曾祺是“厚实”的，可以分“排骨、后腿……零卖”，而且“味道”不错，日久弥香。

黄裳信中提到“所着重指出处也看了。我没有什么别的意思”，指的是我在信中提到，“文革”后期，黄永玉在给黄裳的一封信中写道：“汪兄这十几年来我见得不多，但实在是想念他。真是‘你想念他，他不想念你，也是枉然’，他的确是富于文采的，但一个人要有点想想朋友的念头也归入修身范畴，是我这些年的心得，也颇不易。”看后心中颇不是滋味。

今年夏天，天津《散文》（海外版）发了我一组长文。内中提到四五月间，我在北京与汪朗的一次长聊，其中谈了许多汪先生与黄永玉的事，说得温暖而有趣。我将杂志寄给了黄裳。过了些日子，黄裳给我一封回信，信是写在一种特制的印有暗花的信笺上，笔迹柔软绵长，看了心热。

苏北老兄：

接手书并大文，即读一过，谈言微中，有会心处。

关于永玉、曾祺间纠纷事，我本不知，读尊文始明究竟，近永玉似亦曾自说此事，大抵总算明了。真是“细故”，但背后却有更深的因素，两人都不曾说。

曾祺对我，一直保留着当年的交情，无甚变化，我亦然。我尚有曾祺一信，不能发表，是他推荐我争取台湾什么文学奖事，他荐了两人，宗璞与我，信中说及奖金……美金……，我未接受，此事不了了之。

我为《王昭君》事和曾祺抬了一扛，他的来信也全文发表了。这是彼此交情的真实表现，但此信未收于他的任何文集……我合计似有“为贤者讳”之意，窃以为不能了解我们之间的友谊之故，尊意如何？

天热，简复，颂问热安！

黄裳

2008年8月6日

黄裳这里的“我为《王昭君》事和曾祺抬了一扛”，黄裳在《关于王昭君》一文中已全引了汪曾祺的信。信是写于1962年4月，是从武汉发出的。这时的汪曾祺，已从张家口回到了北京，开始了他的京剧编剧生涯。信中，汪曾祺谈到他刚刚完成的京剧剧本《王昭君》。黄裳认为，和亲是汉家对北胡的政策，在政治层面上考虑是一回事，至于具体到王昭君个人，那只是作为货物或者筹码，是被侮辱、被损害的对象；而汪曾祺则“不意弟所为‘昭君’，竟与老兄看法相左”，汪认为，昭君和亲在历史上有积极作用，对汉、胡两个民族人民的生活、生产均有好处。讨论此事是在特定的那个时期。汪曾祺在此后再也没有提起过，也没有留下任何文字，也许汪曾祺早已忘记了，也许是不愿意谈起了。

至于黄裳提到“我尚有曾祺一信，不能发表，是他推荐我争取台湾什么文学奖事，他荐了两人，宗璞与我，信中说及奖金……美金……，我未接受，此事不了了之”，我想应该是“美乎飞马奖”，而不是台湾的什么奖。“1988年汪曾祺担任美孚飞马文学奖评委”，这在陆建华编的《汪曾祺年表》中可以查到。（黄裳在本书序言中纠正：汪先生推荐黄裳的是“台湾《中国时报》第十二届时报文学征文奖”，不是“美孚飞马奖”。——作者注）我手头有十多封1987至1988年汪曾祺写给香港作家古剑的信，其中1988年的一封信提到了此事。信不长，特录如下：

古剑兄：

你要林斤澜的散文，他昨天交了一篇给我，是在《文艺报》发表过的，看合用否？“藏猫”香港人不会懂，即捉迷藏也。如转载发表，须加一个注。无处可登，请告诉我一声。

我十一月第一个星期会到香港来。美国美孚石油公司搞了一个飞马奖，今年决定给中国，我是评委之一（另四位人是唐达成、刘再复、萧乾和茹志鹃）。飞马奖十月在北京发一次，十一月在香港再发一次，无非是扩大影响，给美孚公司做做广告而已。到香港玩几天也好。他们会在食宿方面照顾得很周到的。在香港期间，想可见面。

我的自选集出来了。董秀玉九日要回北京度假，如她回港时行李不多，可托她带一本给你。否则就等十一月面交吧。

我的散文集八月发稿，大概明年才能出书。

即候

时安！

汪曾祺顿首

八月五日

汪曾祺在另一篇文章中也曾提起，说他推荐了宗璞与黄裳。黄先生为什么拒绝呢？是不是因为他年长于汪曾祺（黄裳比汪大一岁）？不得而知，我也不及问问黄裳。

我之所以拉拉杂杂写上这些，是因为我近读了一篇李国涛的短文《“文体家”黄裳》。李国涛在文中提到汪曾祺、黄永玉和黄裳时说：“不管怎么说吧，在那时，其实三人都不过是普通作者和画家，未来发展，全不可知。后来，不用说，一个个都成为可入文学史、可入画史、可入学术史的顶尖人物了。当时他们就亲密如此，可见互为伯乐，互为千里马，互相间有一种马与马之间的气味相投。真的，现在我很相信这一点。周汝昌一见黄裳就有谈不完的红楼之学，黄裳一见汪曾祺就有谈不完的晚明趣事。而黄永玉在画外谈文，总是一语到位，得过沈从文的真传。那是气质。气质，气质！这也是马与马得以相亲的原因。”

我非常同意李国涛的这一段文字。那些在某一方面有造诣的人，在年轻时都会在一个层面上，互相启发，互相影响，包括互相提携。有时人才的出现，是一窝一窝的。一个时期如此，一个地方也是如此。这真是个奇怪的现象。

# 第五记 再识汪老

小 引

我曾读到过一篇题为《我为什么要批评汪曾祺先生》的文章，文中说“汪先生老年文章显出衰疲之象”。事实是这样的吗？不见得吧。汪先生晚年我与他接触较多，他自己在《旅食集》后记中写道：“舍伍德·安德生的《小城畸人》记一老作家，‘他的躯体是老了……但他身体内有些东西却是全然年轻的’。”汪先生又何尝不是这样的呢？正如沈从文夫人张兆和所说：“曾祺下笔如有神，这样的作家，越来越少了。”

这次昆明之行，我重走了许多老昆明的街道。（是重踏汪先生的足迹。）护国路、文林街、华山路、凤翥街、云南师范大学（西南联大旧址）……又勾起我写下一点文字的兴趣。

我从二十岁开始读《汪曾祺短篇小说选》（那时汪先生只有这一本书，20世纪40年代出版的《邂逅集》和60年代出版的《羊舍一夕》早就见不到了），到后来读《晚饭花集》，是这两本书领着我走进文学，并决定了我一生的走向。我现在几乎拥有汪先生的所有著作：四卷本的《汪曾祺文集》，八卷本的《汪曾祺全集》，还有《汪曾祺书画集》……现在出的我也买：人民文学出版社的《汪曾祺小说经典》、山东画报社的《五味——汪曾祺谈吃散文32篇》、三联书店的《晚翠文谈新编》，等等。这些书内容实际上都是重复的，里面的文章我也读过，可只要有一点新变化，哪怕是编法上有些别致，仿佛上了瘾，我都会毫不犹豫地给买回来。

汪曾祺究竟有什么好的？我读这么些年也读糊涂了。

前两天买了莫言的一本访谈录《小说的气味》，莫言还是了不起。要说天才，莫言算一个。他怎么就那么“鬼”的呢？他那歪瓜裂枣似的脑袋里面怎么就有那么多奇怪的想法呢？莫言的想象力是超常的，莫言是民间的，莫言是蒲松龄《聊斋》里面的妖怪。莫言在自序中说列宁“他生了一个硕大的脑袋，脑浆也比常人重几十克”，莫言他是在说自己呢！你瞧瞧莫言的脑袋，是不是又大又不规则？莫言也算是奇人异相，五百年出一个的。可就是这个莫言，在和石一龙的访谈中有一段说到自己的早期小说《透明的红萝卜》，说就这篇作品“开了个规模很大的讨论会，连汪曾祺先生都说了不少赞扬的话呢！”你看看，像莫言这样的，还买汪曾祺的账！你能说汪先生不是一个了不起的作家？当然，我也不仅仅是为这句话，因为在早先，1989年吧，我在鲁迅文学院进修，莫言等一拨作家也在鲁院读研究生班，一个楼上住，一个锅里扒饭。有一回大家捧着碗站在食堂边上的一个葡萄架下扒饭（那是鲁院唯一景区），我看着葡萄架下一个小池子里鲜活的金鱼，情不自禁地说："小金鱼真快活！"莫言也站在那里扒饭（他是站没站相，打篮球也是，往篮筐里乱扔，有时还真扔了进去，一看就是民间打法；而叶文福则不同，他长发散乱，扔球动作抒情极了），莫言接过话茬就说："子非鱼，焉知鱼之乐？"之后不知怎么说到一些作家——是不是汪先生即将来给我们上课？就说到了汪曾祺，我插嘴说："汪曾祺不会写故事。"莫言反驳："谁说他不会写故事？陈小手是多么好的故事！"

这句话我记得非常深，因为在鲁迅文学院四个月，我们统共没说过几句话。

还有一件事，好像不久前，我从网上看到王蒙在海南一个什么会上讲话，谈的是散文。王蒙这样的作家，一般的写作者，也是不会入他的法眼的。通篇的讲话，我记得没有提到几个作家（提到的多是古代散文家）。说到当代，王蒙好像只提了汪曾祺，他说，像汪曾祺这样现在还会用文言文写作的作家，几乎是没有了（大意）。

这句话，跟张兆和对汪曾祺的评价有异曲同工之妙。张先生说："曾祺下笔如有神。这样的作家，越来越少了。"

汪先生究竟是什么样的作家？评论界对汪先生也没有一个很好的界定。倒是有人说过，对汪曾祺是不是评价过高了？他的成就并没有人们评价的那么高？也有人说，汪曾祺充其量是一个旧文人，是时代适逢其时把他推了出来。

韩石山在一篇文章（《散文的品格》）中说："我对汪先生是敬重的，却说不上多么地尊崇。说到底，汪先生是一个旧文人，他的写作确如他所言，是'独一份'。那是因为时代已进入现代，而他用的还是六朝笔记小说的笔法，时势已然流变，我自岿然不动，想不独一份怕也不易。"我基本同意韩先生的意见。但韩先生在另一篇文章《我为什么要批评汪曾祺先生》中的一些观点，我不同意。别的且不去论，单说韩先生说汪先生老年文章显出衰疲之象，我不同意。汪先生的晚年我与之接触甚多，虽说身体明显有衰疲之势，但脑子是极其灵活的。记忆力差，会忘事，这是老年人的通病，不足为奇。再写出《受戒》《大淖记事》这样的大文章是精力不济了（不仅仅是精力，感情也不一样了），但即使写那些小文章也"笔下若有神"。韩先生举的例子是经我手发的《诗人韩复榘》。文不长，仅四百字，且录如下：

山东关于韩复榘的故事甚多。最有名的是：

"蒋委员长提倡新生活，俺都赞成。就是'行人靠左边走'，那，右边谁走呢？"

他游泰山，诗兴大发，口占一首，叫人笔录下来。诗曰：

“远看泰山黑糊糊，上边细来下边粗。有朝一日倒过来，下边细来上边粗。”

可谓气魄大矣。

游趵突泉，亦得一诗：

“趵突泉，泉趵突，三个泉眼一般粗，咕嘟咕嘟又咕嘟。”

韩诗当用济南话读，才有味道。但其实韩复榘是河北霸县人，说话口音想也不是山东口音。然而山东人愿意叫他说山东话，恁有啥办法？

韩复榘倒没有把他的诗刻在泰山上。韩在任期间曾经大修过泰山一次，竣工后，电令各处：“嗣后除奉令准刊外，无论何人，不准题字、题诗。”他不在泰山刻诗，也许是以身作则。

当然韩复榘的诗以及许多关于他的故事都是口头文学，不可信以为真。编造、流传有权势者的笑话，是老百姓反抗有权有势者之一法。我希望山东能搜集韩复榘的故事，出一本《韩复榘全集》。

韩先生说“这就叫功力？不过是没文化的老奶奶给小孙子讲的笑话罢了。稍有点文化的都不讲，要讲也是讲孔融让梨，司马光砸缸啦。至于末后的生发，不敢说无聊，至少也是浅薄吧。所以写得这么短，分明是精力不济，文思枯竭。”韩先生有所不知，这是汪先生为和丁聪在《南方周末》开的专栏“四时佳兴”专门写的。“四时佳兴”只能是千字文，而且汪先生要就着丁先生的漫画。开篇就是写丁聪先生的父亲丁悚的《张郎且莫笑郭郎》，丁先生后来说："《南方周末》本事大，把我们拉在一起。汪曾祺肚子里这些东西太多，说来就来，一写就是好几篇，可图不好插。"丁先生还在电话里对汪先生说："你考我啊，要出我的洋相。"韩先生只见到这一篇，汪先生和丁先生在《南方周末》联袂发了有十几篇，其中有许多篇是我直接送到昌运宫丁府的。像《闻一多先生上课》《唐立厂先生》《才子赵树理》等（这些手稿都在我这里），都是不可多得的好散文（如果汪先生不去世，这样写下去，出一本叫《四时佳兴》的书，一定是文学史上的佳话），怎么能说汪先生晚年文笔有衰疲之势呢？

我非常同意张兆和先生的话，汪先生的文笔不但不衰疲，而且"下笔如有神，这样的作家，越来越少了"。我同样也想举出汪先生在同一时期的一篇几百字的小文《夏天》，且录如下：

夏天的早晨真舒服。空气很凉爽，草上还挂着露水（蜘蛛网上也挂着露水），写大字一张，读古文一篇。夏天的早晨真舒服。

凡花大多数都是五瓣，栀子花却是六瓣。山歌云："栀子花开六瓣头。"栀子花粗粗大大，包白，近蒂处微绿，极香，香气简直有点叫人受不了，我的家乡人说是"碰鼻子香"。栀子花粗粗大大，又香得掸都掸不开，于是为文雅人不取，以为品格不高。栀子花说："去你妈的，我就是要这样香，香得痛痛快快，你们他妈的管得着吗！”

人们往往把栀子花和白兰花相比。苏州姑娘串街卖花，娇声叫卖：“栀子花！白兰花！”白兰花花朵半开，娇娇嫩嫩，如象牙白色，香气文静，但有点甜俗，为上海长三堂子的“倌人”所喜，因为听说白兰花要到夜间枕上才格外地香。我觉得红“倌人”的枕上之花，不如船娘髻边花更为刺激。

夏天的花里最为幽静的是珠兰。

牵牛花短命。早晨沾露才开，午时即已萎谢。

秋葵也命薄。瓣淡黄，白心，心外有紫晕。风吹薄瓣，楚楚可怜。

凤仙花有单瓣者，有重瓣者。重瓣者如小牡丹，凤仙花茎粗肥，湖南人用以腌“臭咸菜”，此吾乡所未有。

马齿苋、狗尾巴草、益母草，都长得非常旺盛。

淡竹叶开浅蓝色小花，如小蝴蝶，很好看。叶片微似竹叶而较柔软。

“万把钩”即苍耳。因为结的小果子上有许多小钩，碰到它就会挂在衣服上，得小心摘去，所以孩子叫它“万把钩”。

我们那里有一种“巴根草”，贴地而去，是见缝扎根，一棵草蔓延开来，长了许多根，横的、竖的，一大片。而且非常顽强，拉扯不断。很小的孩子就会唱：

巴根草

绿茵茵

唱个歌

把狗听

最讨厌的是“臭芝麻”。掏蟋蟀、捉金铃子，常常粘了一裤腿。奇臭无比，很难除净。

这样的文笔，哪一点看出汪先生有衰疲之势呢？可以说是老到成精，就这几百字，搁在有些作家身上，一辈子也写不出来。（我就常想，我要是能写出这样的几百字就好了。中国的文字不是随便码的。码得好，里面有风有雨，有神有鬼；码不好，就是一堆死字！）

我还要对韩先生说，“旧文人”，这是一个挺可恶的词，带有很强的政治色彩。其实本来是不带的，但在几十年的使用中，这个词用坏了，它是一个意识形态的东西，是和工农兵相对应的。钱锺书夫妇是旧文人？人家是留学生！左宗棠才是旧文人，连王国维还学过西学呢（当然，王是以旧学为主的）！把汪曾祺界定为旧文人，显然是韩先生的偏见。

当然，汪先生不是一个思想型的作家，但他对人性的体验，对美的把握，语言的韵味，节奏感，等等，是许多作家无法超越的。能把最没有意思的东西写成美文，妙就妙在这里，可不是没功夫。就是这个《诗人韩复榘》，固然没有多大意思，也就是闲史小文，但是有力气，把最没有意思的东西，写得协调唯美，这就很了不起。即使是旧式笔记吧，旧式笔记也有好文章啊。

汪先生对美是敏感的。他一生追求的，就是美，就是和谐。汪先生是为美而写作。还是回过头说《夏天》吧，即使完全写植物，没有写人生，但从头到尾，语言是多么清澈。有很多事物，本来是很简单的。能够把简单的事物说清楚也是美啊！他笔下的这些花草，栀子花、白兰花、牵牛花，无不充满生命。是灵，是透。该简就简，该繁则繁。最简单的事物，就是美。能写得透亮、清澈，云影、阳光、树影，都倒映进去。汪先生的思绪是跳动的，他的语言和思绪，是敞亮开阔的。汪先生是能够说明白话的人，他对语言的把握是清楚的。他心灵里有哪些东西，他准确、明白地说了出来。其实在很多时候，是语言把我们的意思给遮盖了，能够把事物的本身说清楚就很美。在很多时候，我们许多人的语言是不清澈的。记得韩先生也批评过季羡林先生吧（那其实是哗众取宠啊），季先生和汪先生可谓大家，即使是季先生，对美的追求，也达不到汪先生的境界。当然，季先生的人生况味，也是许多大家无可企及的。唉！我也甚是无聊，说这么多“搅屎”的屁话也无趣得很。回头想想，不是大家多么了不起，而是我们多么愚蠢！还是庄子说得好啊，道在屎溺。

我这是不是越扯越远了？这样的问题其实是讨论不清楚的。公说公有理，婆说婆有理，不说最有理。我还是归纳一下，能不能这样说：汪曾祺不是一个伟大的作家，不是一个极具想象力的作家（据他自己说，他写的大多数都是自己经历过的或是有原型的）。他当然不是一个天马行空的作家，他是一个优秀的短篇小说家，是一个了不起的散文作家。他是中国气派，他是一个优雅的汉语写作者。其实，有中国气派的作家还很多，会使用优雅汉语的也不少，但汪曾祺笔下不呆。前不久读过一篇文章，说沈从文20世纪50年代有一封信，沈说现在有些作家，议论起一些事来，头头是道，如若叫他写清楚一件事、写一个人，笔下就呆。现在有许多所谓的名家、大家，又何尝不是如此呢？但汪曾祺不呆，不但不呆，还非常灵动。这很了不起，也即张先生说的“如有神”。他既是用优雅的汉语，又是用日常语言说话。既雅又通俗，这很难做到，而汪先生做到了。难怪文人雅士看汪先生文章受用，而一般读者（包括仅有点文化的）也很对胃口，感到“还不错，是那么一回事”，认为“这样的文章我也能写出来呀”。其实你写不出来（看别人吃豆腐牙快）。这就是汪曾祺的价值。

# 第六记　高邮高邮

到高邮，因为一个人——汪曾祺。

汪曾祺写旧高邮的一些文章发表后，他的乡人曾问他："你是不是从小带一个笔记本，到处记？"汪先生当然没有记——那时他还是一个孩子。可是几十年后（汪先生离开我们都十年了），倒是有一个青年，手里拿着相机，兜里揣一个笔记本，走在高邮的老城——东大街、北大街。他呆头呆脑，一会儿拍几张照片，一会儿掏出本子记点什么：大淖巷、草巷口、竺家巷、猪草巷、半边桥、御马头、越塘、斗鸡场巷、一人巷、黎木巷……那保存完好的古旧街巷，沿街店铺里的各色人等，令他流连。他恨不得把这些正在消失的、充满地域文化特色的小城，全部一下"吃"到脑子里去。

## 鲜藕·菱角·芋头

鲜藕（是从淤泥里轻轻拔出来的全枝全脚的整藕）、菱角、芋头、茨菰、鸡头（芡实）……正是仲秋，近农历八月十五，这个大运河岸边的古城，因为水多，河鲜是历来不缺的。他走过傅公桥边，晨雾正从四周升起，铺了街巷。那些早起的生意人，已将各色河鲜、菜蔬摆了一地。那些藕、菱、芋头，尖尖地堆在路边，水淋淋的，仿佛刚从园里下来，真是“鲜”得很。早点摊子卖三鲜面、阳春面、鱼汤面……热气和晨雾交融着，街面于是湿漉漉的。自行车的铃声、拉客的三轮车夫的吆喝声、那些早起的老人趑趄的脚步声……

## 那是人间烟火的味道

他转过东大街，依然是晨雾和那些古老的街巷纠缠着。只是远处有人家在街心生炉子——炉膛里架起柴火，上面放着蜂窝煤，“盎”（苏北方言）得那个轻烟，飘浮在街面上，有一种亲切的味道。是什么味道呢？那是人间烟火的味道。

竺家巷口就有一家古老的“茶炉子”。那些器具——木质水舀子、铁漏斗，现在都可以进民俗博物馆。他在那茶炉子边站了一会，就有人告诉他，这个茶炉子在1951年就有了，都是这个老人在烧。老人姓邵，今年七十八岁，眼睛已完全看不见，他的一切，都是靠一双手。他见老人穿着厚厚的衣服，腰里扎着围腰，沉默着，不断往火口里添木屑。那人说，老人没有子女，过继了一个侄子，老伴又有病。老人依然在灶上收拾着，过一会，他坐在了门口的一只凳子上，用手扶了扶那黑色厚重的眼镜。那眼镜也许就是个意思罢了。那人告诉他，老人眼睛已完全看不见。可老人在这个灶台已转了几十年，灶台已是身体的一部分，能不熟悉？汪先生曾在《草巷口》中说：

进巷口，过麻石磨盘，左手第一家是一家“茶炉子”。茶炉子是卖开水的，即上海人所说的“老虎灶”。店主名叫金大力。金大力只管挑水，烧茶炉子的是他的女人。茶炉子四角各有一只大汤罐，当中是火口。烧的是粗糠。一簸箕粗糠倒进火口，呼的一声，火头就蹿了上来，水马上呱呱地就开了。

这又是一家茶炉子了。之后他听陈其昌（汪曾祺纪念馆馆长）说，这个邵老伯还是汪先生家的老邻居，小时候跟汪先生一起玩过。1981年汪先生回乡，还特地过来看望。

## 绣花·大淖

拐进一个巷子，则是另一番景象。巷口的墙上钉着一块蓝色的牌子：大淖巷。往前走几步，见一面墙上有用红漆写的“绣花”两个字，很是温暖——这个绣花的人是个什么样子呢？他知道，走过这条巷子，就是著名的大淖了。

汪先生在《大淖记事》中写道：

淖，是一片大水。说是湖泊，似还不够，比一个池塘可要大得多，春夏水盛时，是颇为浩淼的。这是两条水道的河源。淖中央有一条狭长的沙洲。沙洲上长满茅草和芦荻。春初水暖，沙洲上冒出很多紫红色的芦芽和灰绿色的蒌蒿，很快就是一片翠绿了。

可我们知道，大淖现在已不成样子了。有人写过文章，大淖已几近于臭水沟。让人失望。有人说，还是不看的好，别破坏那美好的记忆。可是既然来了，还是去看一下吧。

他走到巷子的尽头，见到一棵垂柳依偎在一户人家的院门口。依然没有豁然开朗的一片大水。在一位妇人的指点下，绕过一排棚户人家门口拴着的两条大狗，才得以见到面目全非的大淖。那水已完全变质，而且几乎给填平了。剩下的那一汪水，给疯长的水葫芦和水浮萍占去了大半。幸好岸边不知谁人停了一只船，以向今人昭示它曾经有过的繁华和盛渺。

## 晚饭花 · 李小龙

承志桥南河边一户人家晚饭花开得真好。这户人家，种了许多花。墙根下长满了晚饭花，一抬眼看院子里，也是花团锦簇。一串红、鸡冠花、万年青……这样一户人家，竟在门楼上种了仙人掌和月季！仙人掌大极了。月季纤细婷婷地凌在半空中，低头开着三五朵艳红色的花，它仿佛一个少女，羞涩地在舞台的空中跳着。院子里还种了梨，枝头缀满了果实，高出了围墙；一棵石榴，枝叶茂盛，通红的石榴果实藏在枝叶间，像一颗颗通红的玛瑙！

这是一户温暖的人家。他家应该有个姑娘，一个像王玉英一样的姑娘。汪曾祺在《晚饭花》里写道：

晚饭花开得很旺盛，它们使劲地往外开，发疯一样，喊叫着，把自己开在傍晚的空气里。浓绿的，多得不得了的绿叶子；殷红的，胭脂一样的，多得不得了的红花；非常热闹，但又很凄清。没有一点声音。在浓绿浓绿的叶子和乱乱纷纷的红花之前，坐着一个王玉英。

他站在这户人家门口流连着，他希望有奇迹发生。他无意中进入一个戏剧角色。他希望自己是——李小龙。

## 民俗博物馆

耿家巷、三星池巷（这里原来应该有个浴室）、柏家巷、邵家巷、俞家巷、炼阳巷……他简直痴迷于这些街巷。他不愿意放过其中的任何一条。可以不夸张地说，这就是一座民间文化的博物馆。那些标志着传统行业的招牌和幌子，糅杂在一些现代文明的行业之间，给他一种恍如隔世之感。

他走过去……陈氏牙科，素萍旅店，西厢月茶馆，邮升商店，油米坊，传统补鞋店，修车铺，御马浴室，蚊香批发，旧式门板日杂商店，成了县级文物的旧当铺和救火会，老式铁匠铺，新巷棉布店，门上写着“及时满意，热情周到”对联的花圈店，以及碟片出租、中国电信、电焊加工和百意中介服务的新行业；编篾器的手艺人，钟表修理匠，流动的收旧电视、旧冰箱的打着手机的中年男人，街头打手机的少女，坐在陈旧门板老屋前的戴深度眼镜的老妇人，门口挂着鸟笼、坐在门前的老人，送斗香的骑车人；街角的扁豆花；小巷里的猫、狗从容懒散，一只鼻子上有斑点的白色的猫和一条有着狐狸一般火红毛色的狗儿，在黎木巷一家院子里长满丝瓜的人家门口，一副悠闲的气派。

一个人大声唱着一首老歌，从容地从街心大步走来：

“妹妹你大胆地往前走啊，往前走，莫回呀头……”

走到近前，他才发现：原来是个盲人！

他走尽了北大街，一切终于萧条下来。再看时，眼前就是运河的河堤了。河堤上法国梧桐一片浓荫。运河水很好。有货船从远处过来。靠运河的岸上，有夹竹桃茂盛着……

## 小英子·老头子

竺家巷内有汪先生的故居。他在北大街的一个巷子口，见到一大丛晚饭花开得正艳。那掌纹似的绿叶子，那暖玫瑰色的喇叭花，热热闹闹。这一丛花应该开在竺家巷，开在汪先生故居的门口。

从巷口进去，走过两三家便是故居。他刚站定，恰遇汪先生的妹婿金家渝提着菜篮回来，便被邀屋里去坐。那一副门对——“万物静观皆自得，四时佳兴与人同”，在风雨中已有些斑驳，看字体，出自汪先生之手。这是汪先生喜欢的两句诗。它暗合先生之人生态度。

居室并不大，但整洁雅致。墙上挂着汪先生的一幅照片和一些绘画作品。那一幅照片他是熟悉的，汪先生手持烟卷，双目远眺，极具风采。那些绘画，也似曾相识。一幅一只白猫蜷卧墨绿软缎之上的画。这是汪先生四十三年前在昆明所见之印象。他也有一幅类似的斗方。另一幅小品，题款是送给李政道的。想必是当时画了不满意，又另画了一幅。画面中斜曳一枝云南茶花，下方散落青头菌、牛肝菌以及石榴、蒜头、红辣椒。边款题：“西山华亭寺滇茶花开如碗大，青头菌、牛肝菌皆蔬中尤物，写慰政道兄海外乡思。一九八六年十月，汪曾祺。”

他坐了一会，见后面似乎还有一个小小的天井，种着一些平常花草。本想过去转转，可金家渝拿过签字本，要他题个字。他坐下翻了翻。来过不少人，远的海外各国，近的北京、上海，有一位《新京报》的老兄只题了六个字：“小英子，老头子”。颇具汪先生题款之风范，他读后甚亲切，他想如若汪先生见了，也定会会心一笑。他拈笔踟躇半晌，终于落笔写道："老爷子是我们精神的小屋，温暖着我们的生命。"语虽平淡，情却真切。

## "高邮鸭蛋是第二，我是第三"

汪先生纪念馆在古文游台。对文游台，汪先生曾说："文游台实际上是秦少游台，秦少游是高邮人的骄傲，高邮人对他有深厚的感情，除了因为他是个大才子，'国士无双'，词写得好，为人正派……还因为他一生遭遇很不幸。"他登台看了看，并未见到"山抹微云"，倒是横梁上一对匾额颇为有趣。他估计先有李一氓先生的"湖天一览"，因缺一个，不对称，于是请汪先生在对面横梁补一联，汪先生用隶书补了一款："稼禾尽观"。一自然之境，一人间烟火，真是巧思。

汪先生纪念馆在门厅右手。一个歇山的门楼，黑瓦白墙，门前一块偌大的草坪，草颇茂盛。"汪曾祺文学馆"六个大字由启功先生题写，门口两柱一副长联：

柳梢帆影依稀入梦，
热土炊烟缭绕为文。

撰联者为邵燕祥，也颇确切。

纪念馆不大，明敞三间。藏品也不甚多，以图片为主。那些资料他是熟悉的。有些在《走近汪曾祺》一书中都已见到过。有一些名人留言不曾见过，贾平凹说汪老“文章圣手”，忆明珠说“文清体洁，卓尔大雅”，邓友梅言“大俗大雅，文坛奇葩”，最让人会心的还是林斤澜先生自撰的“我行我素小葱拌豆腐，若即若离下笔如有神”。有些手稿以前也未能亲睹，比如《栈》《葵》《薤》等等。

倒是有一处介绍颇有趣味。有文学青年对汪先生说：“高邮古有秦少游，今有汪曾祺。秦少游第一，您第二！”汪先生听后，慢悠悠地——也许是在酒桌上，呷一口酒，说：“高邮鸭蛋是第二，我是第三。”这就是汪曾祺。汪曾祺就是这个样子的。

汪先生有一首写给家乡的诗：

我的家乡在高邮，
风吹湖水浪悠悠。
岸边栽着垂杨柳，
树下卧着黑水牛。

真美！

作家凸凹曾说：“汪老的文章是我生命的一部分。概因汪老的文章不浮、不滑，有一种滋润生命的温暖。”

纪念馆庭内的四棵常青树枝繁叶茂，长得非常旺盛，常青果累累于枝头，已亭亭如盖。一角的地上，长了一大簇一串红，花开得极艳。枝、叶、花都极其饱满精神。真难得这一丛花儿。是先生滋养了它吗，才蹿得如此火红热烈？先生并不寂寞呀！

他在纪念馆一侧的台阶上坐了坐。整个纪念馆，就他一个人。或者说，就他和汪先生两个人。他仿佛又找到了曾经和先生在一起的感觉。他喜欢这样的感觉。

（文中的“他”即本人。我觉得用“他”的感觉更好。——作者注。）

# 第七记 小鱼堪饱

1981年秋天，汪曾祺回到阔别四十二年的故乡。一天雨后的早晨，他到高邮城北门外的新河散步。雨后天晴，空气清新，运河里的机动船来回穿梭，十分繁忙。他闲逛着，心中有些感觉，于是口占一首：

晨兴寻旧郭，散步看新河。
锭舶垂金菊，机船载粪过。
水边开菜圃，岸上晒萝卜。
小鱼堪饱饭，积雨未伤禾。

汪曾祺在题画和书法中，经常出现的诗是："万物静观皆自得，四时佳兴与人同"，"顿觉眼前生意满，须知世上苦人多"。在高邮汪曾祺故居，那副门对至今还是"万物静观皆自得，四时佳兴与人同”这两句话，也是汪先生的手迹。汪先生多次说：“我大概是一个中国式的抒情的人道主义者。”这一点，在“小鱼堪饱饭，积雨未伤禾”的诗句中同样可以看出。这是汪曾祺式的观察生活的方式，也是汪曾祺的审美观和美学态度。

前不久，读到曹禺写给汪曾祺的一封信。曹禺这样说：

“曾祺同志：前几天得求你寄给我的《自选集》《晚翠文谈》收到了。读了你的文章，是极大的喜悦，你给我开了一片新天地，我看见了许多可爱的人、可爱的地方……你的语感真好。你继承了中国文学一种断了许久、却又永不可断的传统。是我佩服的。”

曹禺在晚年，为写不出能使自己满意的作品，痛苦至极。万方在《透明的生命》一文中写道：有一天深夜，曹禺大声呼喊她，之后对她说“我不成了，又来那个劲了，吃了安眠药也不成，你要不来我就从窗户跳下去了”，又说“我痛苦，我要写一个大东西才死，不然我不干！”曹禺的枕边一直放着《托尔斯泰评传》。托尔斯泰是他崇拜的作家。曹禺对万方说：“我就是惭愧呀，你不知道我有多惭愧！真的，我真想一死了之。我越读托尔斯泰越难受……”于是曹禺拼命地工作，每天夜里两三点钟起来写作，写三四个小时，便头昏眼花，只好搁笔。但即使这样，总还算是有点进展。可写好的东西，过一个月再看，又觉得不成样子，又把它完全划去……1985年曹禺在给万方的信中说：“我不得不写作，即使写成一堆废纸，我也是得写，不然便不是活人……”

我引上述文字，只是想说明，以曹禺的才华、曹禺的通达和阅历，以及曹禺对文学的执着、真诚，他是不会说敷衍之话的。他对汪曾祺的这番认识，是准确的，也是十分中肯的。

汪曾祺曾写过一篇不长的散文《吴大和尚和七拳半》，里面写一个小媳妇因为“偷人”（与人发生私情），老在半夜里被丈夫吴大和尚打，可是这个年轻的女人很倔强，不哭，不喊，一声不出。终于有一天，吴大和尚年轻的老婆不见了，跑了。曹禺对汪曾祺说：“《吴大和尚和七拳半》，我反复看了好几遍，放下，总忘不了那个夜晚挨柴火棍打的总不吭声的小媳妇。她终于跑了，不知下落。你未写几笔，这个小女人活在我心中。”

是的，汪曾祺就是这样以少少许，胜人多多许。不仅仅是这个小媳妇，《大淖记事》里的挑夫的女儿巧云，《受戒》里的小英子，又何尝不是这样？

在去年5月由北京鲁迅博物馆主办的“汪曾祺的一生”的展览中，展出了汪曾祺的大量图片、手稿和生平资料。在立于博物馆大门口的“前言”中，主办者这样描述汪曾祺：

这里还原一个我们神往的世界。

汪曾祺的出现，把我们的审美习惯从八股的语境拉回到固有的精神秩序，拉回到仅仅属于我们中国人特有的对人生的超时空的凝视中。他似乎没有什么创新的东西，一切都显得平平常常。仿佛不是在写作品，而是在自然地谈吐，静静地讲述着属于过去却又与我们相关的那个淡淡的梦。在他那里，文学创作的神秘消失了，艺术原来是一个天然的、没有雕饰的世界。对于那些疏忽于传统文化而又对创作困惑不解的青年来说，汪曾祺的存在，曾使我们看到了通往精神王国的另一条途径。

我十分同意展览的主办者对汪曾祺的这番描述。这是一个理解汪曾祺的人所写下的文字。汪曾祺就是这样，他“仿佛不是在写作品，而是在自然地谈吐”。因此许多初学者都错以为汪曾祺好学，其实汪曾祺是十分难学的，他的文字，不在形式，而在内容——学养、气质、练达和对人生的通透。

孙郁在《汪曾祺手稿》和《汪曾祺的文与画》中这样评价：“他写文章，心是静的，世俗的烟雨过滤掉了，进入的是恬淡而不失伤感的世界，在清风白水之间，独步于高妙之所。比废名多了温润，比沈从文多了俏皮，似乎有张岱的散淡，亦如徐文长的放达……你看《受戒》《大淖记事》，是何等爽目高远。在那里，字、画、诗，都一体化了。”又说：“他的小说，也像一幅幅画，有着悠远淡泊的感觉。他用文字画画，靠笔墨写诗。”是的，孙郁的感觉是准确的。汪曾祺是打通了的，诗、书、画在他那里，融合在了一起。这样的作家，在当代，似乎是没有的。

# 第八记 沈从文说

这个冬天，老人来到我的家里，穿着宽宽大大的棉衣，坐在我家客厅的同样宽宽大大的藤沙发上，浓浓的夹杂四川口音的凤凰口音，黏黏糍糍，声音细细的、低低的。他絮絮叨叨。你必须用心去听。你听明白了，你感到天庭被上帝的一只手打开。那是集半个多世纪人生经验和创作经验的声音。你仿佛被谁推了一掌，茅塞顿开。

这个冬天因为这个声音，我温暖。我心温暖。其实我多么讨厌南方的冬天啊。万木凋零，到处死气沉沉。我所居住的这座南方城市极其平淡，一切都处于萧瑟之中，使我的身心皆活泼不得。我无意之中将老人请进客厅，那真是上天赐予的。

得到这份“巨匠之声”非常偶然。那天我在网上无意之中看到对这本由沈先生的助手王亚蓉所编的《沈从文晚年口述》的介绍，知道书内还附有一张CD，是沈先生晚年几次谈话的录音。我简直惊奇不已。我无法想象沈先生是如何说话的。我只在汪曾祺先生的文章中知道沈先生“湘西口音很重”，说话非常难懂。我急切地来到书店，在一个不显眼的角落得到这份意外的惊喜。

我欣喜的情形是难以想象的。我听到老人说话的一刹那，感觉是神奇的。我并没感到意外，我感到无比亲切。他的浓重的乡音我还是听懂了一些。我非常喜欢那“轻轻地说话的语气”，那真是无比天真的。

——一切都要经过训练……大家讲我有天生啊……绝对没有。我是相当蠢笨的一个人，我就是有耐烦，耐烦改……巴金什么的说我“最耐烦改了”，因为我改来改去，改来改去我文字就通顺了……

——根据个人的浅薄经验来说呢，要是一个作家写到十本书以上，左右，他就统一上达到一个平衡，就站得住，而且在这个基础上他就可以发展……

我读过沈从文的多少书？我读了多少遍沈从文？我曾将《边城》抄在一个笔记本上。《从文自传》《湘行散记》中的许多篇什也会不经意地浮上我的心头。《一个戴水獭皮帽子的朋友》《姓文的秘书》我读过无数遍。我曾在人文社出的《湘行散记》小册子的扉页上记道：“（1997年）5月15日我在去湘西吉首、永顺、保靖、凤凰的途中读过……在回北京的列车上，我又重读了一遍《老伴》，那个成衣铺卖绒线的十三岁的少女深深感动了我……”（这个少女后来就成了《边城》里翠翠的原型。）我也曾请汪曾祺先生为我写“耐烦”两个字。记得当时汪先生还不太情愿……汪先生嘴里啧啧道：“两个字……这、这怎么写……”还是先生的女儿汪朝在一旁瞎出主意：“就两个字，你就给他写吧！”我还不知趣地说：“这是沈先生……”汪先生直眉瞪眼的，那表情就似他画过的一幅画中的那个人，那类似八大山人的老和尚，滑稽极了……他提着毛笔趔趄着，还是为我在宣纸上写下了“耐烦，凡事都要耐烦”几个字。

——可是我究竟真正“懂得”多少沈从文的“耐烦”？这些悟透创作经验的妙论，我若是早在十年前知晓，又会是怎样的情景？

从个人的眼光来看，我已虚掷了太多的时光，在沉溺于人事纷繁中流逝了太多的生命。我听到这样的声音似乎稍稍迟了点。深秋季节，我曾将杨绛先生的《我们仨》读完。我在一篇读后感式的小文中述道：“在浩如烟海的文字中，我怎就偏偏只喜欢这些‘过时’人物的文字？孙犁、汪曾祺、沈从文……这都是‘新潮们’不屑的人物啊！这些‘过时’的人，他们都是一些能把话说清楚的人，他们总是用最简洁明白的文字，说平常的道理。”我深深知晓他们的价值，我也很愿意学习他们。而我由于疏懒，荒芜的心竟又对平常的日子说不出一个字来。是老舍先生说过吧：有得写没得写，每天都要写五百字。

三天不写手就会生的。汪先生也曾批评过我们“手太懒”，而浮躁的我们总是沉溺于声色红尘之中，耐不得寂寥。

沈先生说：“我没有别的能力，我非要靠了这只手活下去，愿望尽管好像很伟大，工作能力很低。”他又说：“是不是先做记者，把笔下弄活它……短篇这个东西就像跳舞，它各种都要跳啊……它处理的好像是一切不离开人情吧。”

听到这样的声音，就仿佛看到遥远浩渺的天空里的一颗星星。不是很炫目，但是恒久地，就这样远远地、默默地发光。不炫耀、不卖弄、不造作。我想，凡具备大师情怀者，皆怀有这种谦逊的品质和洞察世事的眼光。

谈话中，沈先生有几次笑声，是很耐人寻味的。在这里我很愿意和读者共同分享。在湖南省博物馆的那次讲演中，沈先生说自己是一个很迷信文物的人。当他说到“我是1928年就混到大学教散文——那也是骗人了——教散文习作……”沈先生笑起来了，那笑声中有孩子般的纯真，非常稚气，一副很可爱的样子。而在《湘江文艺》座谈会上谈到扇子文化，沈先生说：“马连良《空城记》拿的那个扇子太晚了。”他又孩童般的笑了，笑声柔柔的，亲切明澈，从笑声中似乎可以触摸到他对自己所从事的工作的热爱，感到他在他的领域里是巨大的、坚强的。而说到文学，沈先生说：“我的书呢，（19）53年就烧掉了，烧到什么程度呢……”这句话没有说完，突然噤住了，而改口说：“我在文学方面是绝对没有发言权的，绝对没有。”从口吻中明显觉察到这个生命是受过挤压之后的样子，让人觉得这个生命在许多岁月里是很卑微的。听到这样的声音，稍微知晓一点沈从文生活情形的人，肯定会在震惊之余感到心酸的。最有意思的是，沈先生说："我是标点符号现在还不通顺，还要我的老伴来帮我改，哪个文法不对了，哪个文法又不对了。"沈先生轻轻地笑了，仿佛谁轻轻地拍了一下手，整个会场都笑了起来。"因为我根本就不懂文法，我怎么对了？不能对的。"笑得非常滑稽可爱，让人感到这个人在生活中还暗藏着机智和小小的幽默。其实，从沈从文的许多作品中，是能看出这是一个很智慧、很懂得幽默的人。（《沈从文晚年口述》内有一则王亚蓉与沈先生在火车上的对话，说到沈先生1969年冬被下放到湖北咸宁干校劳动的生活，沈先生说："一个人就住在学校的一个大教室里。空得什么都没有，就是看到窗子上有几个大蜘蛛慢慢地长大了。这面窗子还可以每天看见一只大母羊，每天早晨还可以看见牛，那个大牛、小牛都庄严极了，那个地方的牛都大极了，花牛美极了，一步一步带着小牛吃饭去。间或还能看见一些小女孩子梳着两个小辫辫，抬砖头、捡树叶子。"这是多么干净准确的描述啊，这是通过一双智慧的眼睛观察到的生活场景。准确、生动、明净，气味、声音、色彩都在里面。读之无比感人！）——而话锋一转，"现在我们知道一个问题是这样的，"沈先生极其严肃认真地说，"我的写作恐怕是受契诃夫、屠格涅夫的影响，我总觉得写什么东西，把这个地方风景或者插进去写。人是在这里活动呢，效果就出来了。"同时，"文字还是要紧的""要能够驱遣文字”，他补充说，“太方言化了不行，受不了，走不通”。他举例说“像我们凤凰那个‘给个毛恰恰’”，下面轰地笑了起来，沈先生自己也笑了，真的煞是可爱。

从个人的阅读经验来说，在这个冬日我听到这样的声音，我是温暖的。沈先生说到要多读书时说：“其次还是要多读书，读书不必是受影响，是受启发。”这真是非常别致和新鲜的见解。之后沈先生说：“要能够去跑，能够挨饿，能够不怕冷。”沈先生自己其实就是这样的一个人。这个“本钱就是小学毕业”的人，用自己手中的一支笔，真的打下了一个天下，并且佐证了自己所言。这真是一个绚烂的生命。

# 第九记 温暖包围

## 一

《文汇报》的周毅发现汪曾祺1946年发表在“笔会”上的一组逸文，发短信告诉我此事，我真是惊喜。她开玩笑对我说：“这些年，你总是用你对汪先生一望无边的感情来包围我们，这算一个小小的回报。”“对汪先生一望无边的感情”，是的，这种感觉是真实的，有二十年了，我一直在读汪先生的书。汪先生的所有版本的著作我几乎都有，数数有五十多本。不久前我还去了高邮一趟，看了看汪先生的故居和汪先生纪念馆。回来写了一篇《一个汪迷的地域文化笔记》，我在文章的结尾写道：“我在纪念馆一侧的台阶上坐了坐，整个纪念馆，就我一个人。或者说，就我和汪先生两个人。我仿佛又找到了曾经和先生在一起的感觉。我喜欢这样的感觉。”

汪先生离开我们整整十个年头了。十年，好像一眨眼就过去了。1997年5月，汪先生去世的时候，我们到八宝山送别先生的场景还在目前。先生的灵车到了，我走上去，义不容辞地一把抬起了先生灵柩的一头。此前，我没有抬过任何人的灵柩。我抬着那个窄窄的盒子，人如梦游。这个窄窄的盒子里，就是汪先生吗？当放到鲜花丛中，打开盒子，汪先生真的静静地睡在那里呢。面如生前，只是不说话了。汪先生永远不说话了。我的眼中要冒泪。这么一个有生趣的、“巧思”的人，就这么走了。

汪先生去世的前一个星期，我还去过他家。在他那吃了晚饭，还喝了三杯五粮液（他让我自己喝，他不喝，我就喝了三大杯）。我的女儿也去了，他拽了拽我女儿的小辫子，说：“怎么叫陈浅，像个笔名！”之后就靸着鞋，一会儿厨房，一会儿过来站在那里吃两筷子菜。之后再见到他，就是八宝山鲜花丛中的那个样子了。他不说话，他永远不说话了。

我一个县里的孩子，一点基础没有，不知什么原因，爱上了文学，又撞到了汪先生的文字。1987年，我在县银行的稽核股里，把一本《晚饭花集》抄来抄去，办公室的简易铁窗生了锈，窗外的阳光是好极了。那高大的法国梧桐的叶子上，阳光斑驳，阵阵小风吹翻树叶。我抄一会儿，手酸了，就停下笔望着窗外。一个有点理想、有点迷惘的青年，面对着书里面的李小龙、王四海、八千岁和陈小手，他对未来有点妄想，他不知道自己的一生会走向何方。

1989年，我飞出了县城，到鲁迅文学院进修。刚开学没两天，汪先生来了！他靸着个鞋，脚在地上拖着，我一眼就认出了他。我和他神交久矣！他一散会，我就把他请进了我的房间。他的高邮在湖东（高邮湖），我的天长在湖西。我们吃一个湖里的水长大的。

汪先生走进我们的宿舍，他环顾了一下，开口说：

“三个人一间，挺好！”

他又说：

“你们天长出了个状元叫戴兰芬。那个对子怎么讲的？”

“天长地久，代代兰芬。”这个我们县的三岁孩子都知道。

“本来头名状元是我们高邮的，叫史秋，戴兰芬是第九名状元。可道光点状元时，这个史秋名字不好听，听上去像死囚。道光看到戴兰芬，天长地久，代代兰芬，就点了戴兰芬为头名状元。”

我说：“是的，县志上有记载。”

“我寄给您的四个笔记本收到了吗？是抄的您的小说。”我曾将抄汪先生小说的笔记本寄给了他。

“收到，收到。”汪先生并不很肯定，轻描淡写的样子。

可就是这么几句话，汪先生就接纳了我。几天后，我就是他家里的客人了。

## 二

我去过汪先生家多少回？又说过多少话？我没有记录，也没有录音。他所有的书，我都反反复复看过多少遍。因此，哪些话是书里的，哪些话是他说的，我已完全混淆了。一个太熟悉的人，你要是写他几件事，是困难的。你对他只有一个总体的认识，别人提起某件事，你说："哦，我知道的。"汪先生对于我，就是包围之中。一种温暖的包围，一种别人无法体会到的被拥着的快乐。

我实在可算作汪先生的徒弟了。说一句不要脸的话，就像孔子与颜回。高邮县文联的陈其昌说："苏北，你是我见到的对汪先生最痴迷的一个。"我到高邮，他们对我说的汪先生的事，我基本都知道；而我说的，连他们也不知道。国内有红学，没有汪学。要是有汪学，我可以当秘书长。

我曾和朋友开玩笑。朋友出了一本关于徽学的书，他在名片上印：徽学专家。我说："我这辈子争取当一个散文作家，如果有汪学的话，我还可以在名片上印上'汪学专家'。"这当然是戏言。

不过话说回来，一个人在创作上有一脉师承，真是一件幸福的事。朋友向别人介绍我，说："这个人喜欢汪曾祺。"我听人家这样介绍，我一点不感到羞愧，心中还美滋滋的。喜欢汪曾祺，有错误吗？没有！汪曾祺那么优秀，值得人去喜欢。汪曾祺也是有师傅的，大家知道，他的师傅是沈从文。前不久我到青岛出差，还特地到小鱼山福山路3号，去看了一下沈先生在青岛的旧居。当然我也去过沈从文的湘西。这算起来，可是我的师爷了。我在沈先生旧居的两层小楼的楼梯边的丝瓜藤下坐了坐，我说：“沈先生，我来看你了！”其实对汪先生的创作有很大影响的，还有一个人。这个人就是废名。汪先生自己也说，“我受过废名的影响”。看来，注重文体的作家，大体上都有某种师承的关系。只是或多或少，或者有的人不愿意说，这类人的意思是，他的创作的成就，是他自己的聪明脑袋里固有的。这样的人是天才，不去论。

我不是天才。我刚生下来时，小脑袋空空如也。我现在能写一点文字，登在全国的报刊上，这都是仰仗汪先生的光辉的照耀。齐白石说，他愿做徐青藤门下的一条狗。汪先生对于我，我如果不愿意这样说，则是我的矫情。不过我并没有在汪先生后面亦步亦趋。一个人对于一门知识，不敢说一通百通，但可以说一通十通。古人说，触类旁通嘛。一枝摇百枝摇，通过汪先生这个点，我们的学习，可以说是个面。前不久，上海的一位评论家说到我的散文。他说，苏北的散文承接的应该是中国传统散文，汪曾祺是个“通道”，是苏北承接到沈从文等五四散文的一脉。这种“通道说”，真是别致，是我过去闻所未闻的，新鲜得很。但是，我同意！一个人从另一个人身上学习到的东西，绝不可能是一成不变的，它肯定要内化！画鬼容易画人难。文学的神奇，是接通了鬼神。否则，喜欢文学的人，也不会如此着迷！精神的东西，要的就是神奇——下笔如有神！笔下如有神助。

汪先生从来没当面在创作上指导过我们。我去汪先生家，聊天、吃饭、要书、借书、要字要画，但对于创作，他从来没有说过。我们聊到西南联大，聊到吴宓，汪先生说："吴宓那个胡子，长得真快。他刚刚刮完左边的胡子，去刮右边；右边还没刮完，左边又长了出来。"说完，汪先生抿嘴而笑，嘎嘎的声音。想必非常快乐！汪先生对我们说到赵树理，说赵树理是个天才，有农民式的幽默感。汪先生说起一件事，说他们有个旧同事，天生风流，他借了赵树理的皮大衣穿，竟然与一个女人把大衣垫在身下，将大衣弄得腌臜不堪。赵树理回太原工作，那个人也来送行，赵树理趴下来，给那人磕了个头，说："老子我终于不同你共事了！"汪先生说完，又是大笑。噢，这样的事情有趣吗？有意义吗？别去管它了！汪先生关注的是人，是人的生趣，是人的喜怒哀乐。

不对，汪先生并不是没对我说起过创作。1988年山西大同的一个叫曹乃谦的人，写了一组《到黑夜想你没办法》，汪先生看后褒奖有加，写了长文推荐《北京文学》发表；1993年我将《小林》等一组小说拿给汪先生，我的小人之心不言自明，想必你已猜到。那时汪先生还住在蒲黄榆的小旧居里，那天我去，将小说带上，吃饭前说了此事。汪先生说："可以，先放这，我看看再说。"之后吃饭喝酒，一番热气腾腾。汪先生酒后微醺，眯盹着，坐了一会。我们起身要走，汪先生站起来，转了一圈，说："稿子呢？这个不能丢了。"之后收起稿子，一转身，抱拳，进隔壁一个小房间去了。

几天后，我与朋友相约，又急不可耐地去了汪先生家。去时我心下忐忑，进门坐下，也不说稿子之事。大家东扯西拉，说说笑话，仍是留饭。饭后我终于憋不住，问：“稿子看了吗？”汪先生不说话，汪师母扯他的衣角，过一会，汪先生说：“《小林》写的什么，要体现什么，都说不清楚？”之后就批评：不自信，手太懒。他说沈先生刚到北京，连标点符号都不会用，硬是靠一支笔，打下一个天下；又说老舍先生每天写五百字，有得写没得写，五百字！“你们这么年轻，手这么懒，一年中不写几个字，怎么行？”说得汪师母扯坏了汪先生的衣角。你想想看，我的那一点小人之心，还能得逞吗？

从此之后，不给汪先生稿子看了。丢不起这个人，自己几斤几两，分量还是知道的。每次进门，首先一句：“最近身体好吗？”汪先生摸摸索索，去泡茶，去拿书。师母身体好的时候，都是师母提醒：“老汪，刚出的书，给他们拿一本！”师母经常笑话他：字、画都舍得送人，就舍不得送人书。想想也是，书除出版社赠的部分，其余还要自己花钱去买，而字画，送完了再画！——汪先生离开我们十年了，他的那些字画，散落在世界各地多少人的手中呢？我们就在他的桌上搜过字画，还借书——借了不还。古人说，借书一痴，还书一痴。我倒是想说，汪先生一痴，我们这些汪迷一痴！

汪先生是一痴。他的境界，决定了他的目光不在这些小事上。有一年我在山东的长岛游了海水泳，回北京都好几天了后到他家去，进门我首先一句：“近来身体好吧？”而他却不动，在那怔怔地看着我，之后用手在我脸上一刮，说：“刚游了海水泳吧？”他怎么看出来的？真是怪了！我都回来好几天了！汪先生不语，他笑眯眯的，泡茶去了。——他就是这么关心年轻人的！

1996年初，我到报社副刊工作。我请汪先生为我们副刊画幅画，他很快给我们画了一幅墨菊，一大蓬菊花，极有生气；我又请他给我们“文苑风”写刊头，他一气写了好几个供选用；再请他写稿，他拿出两篇新作给我（他有些磨蹭，有些舍不得，可是他好像又有些回不起面子，他就是这样的人！这个有趣的老头！我直想笑！）。今年刚刚出版的《汪曾祺小说》，在选用《不朽》和《名士与狐仙》两篇时，还在文尾注明：原载《中国城乡金融报》某月某日。其实汪先生不仅仅对我，他对所有的人，包括年轻人，总是有求必应。你访问访问凡与汪先生有过交往的人，哪一个不是说，汪老头是个好人！

## 三

1996年底，一次我去汪先生家，为《中国当代才子书·汪曾祺卷》跑腿。刚进门坐下抽烟，电话响了，没说几句，汪先生就沉下脸，显得很生气，他对着电话大声说：“我知道他们来头很简单，就是冲着我汪曾祺来的！……我可以向××同志家属道歉！他们以为我很有钱，算出来那些精神损失费，可是我们这些人的精神损失费，又有谁来赔？”我知道，是《沙家浜》的官司。某出版社将《沙家浜》收入《汪曾祺文集》时，忘了署名“根据××同志沪剧改编”，就惹出这桩官司。放下电话，汪先生还在那气呼呼的，我说，都是小记者闹的，别理睬就行了。汪先生说：“《沙家浜》在《红旗》杂志发表时，也没有署我们的名，只署‘集体创作’。我们这些人的名誉权，又有谁来赔？”汪先生，您真是，生的哪一门子气？这又是何来由呢？现在有些人巴不得打官司呢！可是我们知道，汪先生是非常爱惜他的名声的，像鸟儿爱惜自己的羽毛，它容不得别人去玷污。

1997年初，汪先生和丁聪联袂在《南方周末》推出“四时佳兴”专栏，一周一篇，丁聪画，汪先生写。汪先生写得真快，只要有人逼，他肚子里的东西，是越挤越多。一次我过去，汪先生说：“你把这几篇稿子带给丁聪去插图。”因为丁聪在昌运宫，我在公主坟，丁家离我住的地方很近。我拿着几篇稿子，就到单位去复印了。我把复印件送到丁家，手稿我留下了！你们可以说我有心！但我就是有心——我以后可以将它们捐到中国现代文学馆去！我实在是太喜欢汪先生了！我曾在《盛夏读书记》中写道：我虽不敢妄称是汪先生的学生，但我可以说是读汪曾祺最认真、最持久、最痴迷的一个，我喜欢汪曾祺是发自内心深处的，甚至是狂热的、偏激的、排他的。就像少男少女为贝克汉姆、菲戈，为萧亚轩、周迅、S.H.E疯狂一样，这是一件没有办法的事情。我知道这样做是不对的，天下文章不能给姓汪的一个人给做光了。可我就是痴迷，发自内心深处地痴迷，谁又奈何得了我呢？

我帮汪先生送的手稿是《闻一多先生上课》《面茶》《才

子赵树理》《诗人韩复榘》。汪先生的文字是再简约不过了。它通俗明白，却出神入化，仿佛有风，有雨，有雷电，有气息。就是这么一个“巧思”的人，却突然说走就走了。汪朗那天在从八宝山回来的路上对我说，老爷子可惜的是，他的思维还那么活跃，他越写越有神了。可世事就是这么无奈！

何尝不是如此呢？打开《汪曾祺全集》，最后几年的作品，《小姨娘》《仁慧》《露水》《兽医》《水蛇腰》《熟藕》《窥浴》，虽然短小，然生气盎然。《窥浴》写得多么大胆，可就是美；《露水》写出了下层人的艰辛和不幸。汪先生晚年写性更大胆了，写得很放开。《薛大娘》写性：

有一次，薛大娘到了家门口，对吕三说：“你下午上我这儿来一趟。”

吕先生从万全堂办完事回来，到薛大娘家，薛大娘一把把他拉进了屋里。进了屋，薛大娘就解开上衣，让吕三摸她。随即把浑身衣服都脱了，对吕三说：“来！”

她问吕三：“快活吗？”——“快活。”——“那就弄吧，痛痛快快地弄！”薛大娘的儿子二十岁，但是她好像第一次真正做了女人。

…………

薛大娘不爱穿鞋袜，除了下雪天，她都是赤脚穿草鞋，十个脚趾舒舒展展，无拘无束。她的脚总是洗得很干净。这是一双健康的，因而是很美的脚。

薛大娘身心都很健康。她的性格没有被扭曲、被压抑。舒舒展展，无拘无束。这是一个彻底解放的、自由的人。

这是写的什么？是人，是人性的美。

《窥浴》写性：

“你想看女人，来看我吧。我让你看。”

她乳房隆起，还很年轻。双脚修长。脚很美。岑明一直很爱看虞老师的脚。特别是夏天，虞芳穿了平底的凉鞋，不穿袜子。

虞芳也感觉到他爱看她的脚。

她把他的手放在自己的胸上。

他有点晕眩。

他发抖。

她使他渐渐镇定了下来。

（肖邦的小夜曲，乐声低缓，温柔如梦……）

这仍然是写人，写人的美。他热爱美好的东西，他生活在美中。生活中不完美的东西，他用文学加以弥补。他就是这样倔强地、不管不顾地，讴歌美，讴歌人，讴歌人性。

## 四

从汪先生晚年的作品回观他早期的习作，真是一件有趣的事情。《文汇报》发现的汪曾祺的早年作品，从内容上来看，都是写于昆明。汪先生在一篇不起眼的小文《芋头》中说过：

1946年夏天，我离开昆明去上海，途经香港。因为等船期，滞留了几天，住在一家华侨公寓的楼上。这是一家下等公寓，已经很敝旧了……只是心情很不好。我到上海，想去谋一个职业，一点着落也没有，真是前途渺茫。带来的钱，买了船票，已经所剩无几……

这样的文字是不会引起人们注意的，而我对照汪先生《文汇报》这一组逸文，能够深切地感受到汪先生这组文字的气息：空虚，苦闷，贫困，无着落；性；打水漂的感觉。

且看：

抽烟过多，关了门，关了窗。我恨透了这个牌子，一种毫无道理的苦味。

醒来，仍睡，昏昏沉沉的，这在精神上生理上都无好处。

下午出去走了走，空气清润，若经微雨，村前槐花盛开，我忽然蹦蹦跳跳起来。一种解放的快乐。风似乎一经接触我身体即融化了。

听司忒老司音乐，并未专心。

我还没有笑，一整天。只是我无病的身体与好空气造出的愉快，这愉快一时虽贴近我，但没有一种明亮的欢情从我身里透出来。

这是《花·果子·旅行》里的一节，汪先生在文尾注明：1945年写于昆明黄土坡，1946年抄于白马庙。我们知道，汪先生在昆明待了七年，除北京和高邮，这是他人生最重要的时期——人生观、世界观逐步成形的青年时期。1944年到1945年，汪先生在黄土坡的一所中学教了两年书，他的短篇小说《老鲁》《落魄》都是写的那个学校的事，他那个有点现代派味道的早期短篇《复仇》也是写于黄土坡。可那个时候昆明正逢战时，生活极其贫困。青年的汪先生，人生的航向往哪去，他很迷茫，人生、爱情、理想……都在困扰着他。汪先生自己也在怀念沈从文的《星斗其文，赤子其人》中说过："我1946年到上海，因为找不到职业，情绪很坏。"沈先生写信把他大骂了一顿，沈先生说："为了一时的困难，就这样哭哭啼啼的，甚至想到要自杀，真是没出息！"

"笔会"上的这组逸文，特别是写于昆明的那几则，那种人生缥缈的感觉，无不留在了笔端。但通过这些文字，也看出了汪先生文风的一些脉络——重细节，不臆造情节，注重意象的营造，但早期的文字明显看出气盛，如周毅所说"有静穆与血性的密集交织"，我看到的则是峻拔、决绝，用字用词往"险"的方向而去，有"西洋油画的瑰丽和挣扎于对象中的力度"。

晚年的文字，却冲淡、平和得多，但那份灵动，人情的练达，集一生的观察力及白描功夫，也是青年时所不能及。我手头有一本《人间草木》，是汪先生谈草木虫鱼的散文集辑，其中有一篇《下大雨》：

雨真大。下得屋顶上起了烟。大雨点落在天井的积水里砸出一个一个丁字泡。我用两手捂着耳朵，又放开，听雨声：呜——哇，呜——哇。下大雨，我常这样听雨玩。

雨打得荷花缸里的荷叶东倒西歪。

在紫薇花上采蜜的大黑蜂钻进了它的家。它的家是在椽子上用嘴咬出来的圆洞，很深。大黑蜂是一个“人”过。

紫薇花湿透了，然而并不被雨打得七零八落。

麻雀躲在檐下，歪着小脑袋。

蜻蜓倒吊在树叶的背面。

哈，你还在呀！一只乌龟。这只乌龟是我养的。我在龟甲边上钻了一个小洞，用麻绳系住它，拴在柜橱脚上。有一天，不见了。它不知怎么跑出去了。原来它藏在老墙下面一块断砖的洞里。下大雨，它出来了。它昂起脑袋看雨，慢慢地爬到天井的水里。

这样的剔透、跳跃、灵动和圆融，了不起的观察力，颇能代表汪先生晚年文字的精神。

## 五

有一件事不能不提一下。是1995年的一天吧，我和朋友龙冬约好去看汪先生。黄昏我们赶去时，汪先生出门了。我和龙冬便在和平门附近的一个小馆子边喝啤酒边等。两个穷困的文学青年，精神无聊和空虚。我家在南方小城，一人飘在北京；龙冬则刚从西藏回来，工作毫无着落，于是拼命喝酒。两人喝了不下十瓶啤酒，之后又踉跄着来到福州会馆的汪先生家。汪先生还没回来。于是我们俩着了魔似的（不知为什么非要等汪先生回来），又来到附近的宣武区工人文化宫，在那打台球。十点多了，我们又过去。汪先生回来了，我和龙冬便钻进汪先生的书房，胡吹乱侃到半夜才走。这一节给汪先生的女儿汪明写进《老头儿汪曾祺》一书。汪明说我们半夜翻墙头出了院子。可我现在是一点也记不起来，是翻了墙头吗？

我之所以扯出这一节，是因为在汪先生去世后，有一次龙冬对我说："汪先生去世了，我们也该长大了。"龙冬这番孩子气的话，却让我一时语塞了。我曾在一篇千字短文中说："到了而立之年，在精神上还依附于一个人——不！是皈依着。想想也真是无趣。"可有什么办法呢？汪先生去世已十个年头了，我们又何尝不是依然在不断重读汪先生的作品呢？

汪先生自己倒是谦逊的。他多次说，他的作品数量很少，他不大意识到他是一个作家。他说："过了六十岁，听到有人称我为老作家，我觉得很不习惯"；"我的一切，都是小品。

就像画画，画一个册页、一个小条幅，我还可以对付，给我一张丈二匹，我就毫无办法”。但同时汪先生又是清醒的、自信的，他对自己的评价也是准确的。他说：“我是一个中国式的抒情诗人。”他多次对我们说过：“我的作品少，写得又短。短，其实是对读者的尊重。短，才有风格。短，也是为了自己。”今天的事实，已证明了汪先生的预言。十年过去了，那些当时风靡一时的作品，早已灰飞烟灭，而汪先生的文字，却在滋养着一代一代读书人。

是啊！这十年来，我是一刻也没有离开过汪先生。不管是他何种版本的书，只要是刚出版的，我见到就买。新近的《说戏》《五味》《草木春秋》，编得真是好！由范用先生新修订的《晚翠文谈新编》也好！范先生的新版《小引》写得也好：“日子过得真快，转眼曾祺辞世五年，印这本书聊表怀念之情。”这几句，竟有归有光的味道——可转眼又是五年了！

我写这篇文章的时候，时光又近2007年的5月。5月是鲜花盛开的季节。城市的街道、广场、学校、桥头，到处一派生机勃勃。十年前出生的孩子，已背着书包快乐地上学去了；十年前的鲜花，也是绽放得如此鲜艳。可是匆忙行走的人们啊，你们可知道，一个我们喜爱的作家，就是在十年前的这样一个鲜花盛开的5月，遽然离开了我们。十年过去了，时间证明了他的不朽，他毫无疑问已载入了文学史。他的书，总是不断地出版，不断地出现在书店的书架上，和那些同样伟大的作家——鲁迅、沈从文、林语堂、徐志摩、郁达夫、张爱玲、萧红……

排列在一起。

日子就这么过着。我被汪先生的文字包围着，感到温暖而又无边无际，我这辈子大概是不会离开汪先生的。我被包围在汪先生迷漫而精灵般的文字中，就像身体弥漫在一汪温泉的水中央，又像婴儿沉浸在母体的无边无际的羊水之中，那么自足，那么安稳和无穷无尽。

# 第十记 人生归宿

看见了。我一眼就看见了，一块巨大的石头。上面写着：

高邮 汪曾祺

长乐 施松卿

这就是一个人的归宿。就这么一块石头、几个字，它告诉我们，那个曾经鲜活的生命，就在里面了。

给这样一个好天气的是何人？和煦的风，蓝蓝的天上，白云轻移。这个5月的北京，这一天，真是一个好天气！我走在北京的繁华中，向西，向西，一直向西，去看一个人。

有土地就有植物，有5月就有鲜花。在往西郊的路上，我见到一种灿红的花，开满一路。春天的气息真好啊！我没有一丝的肃穆，相反内心轻松得很。一切仿佛是去踏青。哈哈，我还有些莫名的激动。哈，老爷子，我来看你啦！是的，快近西郊的时候，植物越来越密，与乡村的气息越来越接近。这个5月，天是多么澄明啊！京郊的西山一抹深黛在眼前，近处的树木一派新绿。那里，看，一丛桃花盛开！

时光真快啊！一转眼十年了。以一个娃娃算，十年，一个娃娃从呱呱落地到屁颠屁颠去上小学；以一棵植物算，从一株幼苗到一棵胳膊粗的小树啦！以我算，一个瘦的青年变成了一个大胖子啦！可是这十年有一样是不变的，就是你的书一直在我的床前枕边，就是随着岁月的沉淀，对你的理解像酒一样越来越绵长。

前不久看一本书，说是沈从文先生20世纪80年代一次接受记者采访，说到“文革”时去扫女厕所，沈先生一直眯眯笑着，并得意地说：“我打扫的厕所在当时是全北京最干净的。”此时女记者站起来，泪光涟涟地走到沈先生身边，拍了拍沈先生的肩，说：“沈老，你辛苦了！”沈先生忽然失声痛哭了起来，拦也拦不住。那是沈先生，可以想象沈先生的样子。知道一点沈先生一生情形的，对这应该一点不奇怪。

而你，并不是这样的情形。

你自己说过，你的写作是“人间送小温”。你又说，“我的作品内在的情绪是欢乐的”。你早就告诉我们，“多年父子成兄弟”。你并不悲切。你应该算是一个乐观主义者。你自己说过，你是一个中国式的抒情的人道主义者。你在《七十抒怀》中说："我并不太怕死，但是进入七十，总觉得去日苦多，是无可奈何的事。"

把这些贯串起来，觉得你并没有离开我们。是的，这些年来，你仿佛一直在我们身边。我们浸淫在你的文字里，仿佛就是和你在一起。是啊！你的生命，其实就在那些鲜活的文字和墨迹中呼吸啊！

我们走进福田公墓。这个有近百年历史的公墓，苍松翠柏蓊蓊郁郁。一切安静极了。几乎没有人。远处一个园林工作人员正在劳作，似给树木浇水剪枝。一根黑色的水管蜿蜒到深处。天气热了起来。一些低矮的桃树上开着寂寞的粉色的碎花。枝头有些蜜蜂，并不嗡嗡。它们也安静着，在这热起来的上午，它们飞飞停停。在这园林里，它们应该每年都来采粉的，而我却是第一次来。十年了，第一次来。

这里葬着许多文化名人。可是似乎太挤了，密密匝匝。我走向深处，在甬道的路边，我一眼看见姚雪垠的墓碑。再走几步，有一路牌，上面注着："汪曾祺，现代剧作家"。（剧作家？）它指引我们走向深处。我的朋友龙冬手里捧着一束鲜花，兄长汪朗手里提着两瓶矿泉水。汪朗说："就在前面。"

看见了。我一眼就看见了，一块巨大的石头。上面写着：

高邮 汪曾祺

长乐 施松卿

这就是一个人的归宿。就这么一块石头、几个字，它告诉我们，那个曾经鲜活的生命，就在里面了。太阳是好得不能再好，上午十点钟的太阳。密密的阳光照着一切。照着大地，照着远处的山，照着这里的松柏桃花，照着这些安静的墓碑、这些安静的人们。

墓碑下有好几盆花，菊花。它们也安静地开着。汪朗说，这些花还好，还没有开败。这是他们几个子女清明时来祭上的。汪朗不说话。他嘴角挂着谦和的微笑。他将那矿泉水拧开，一盆一盆给那些被炽烈的阳光晒干了的菊花浇水。他边浇边说，他们很负责任，给这些花浇水了。他是说那些园林的工作人员。

龙冬将手里的花给我，说："你远道而来，你献上吧。"我对汪朗说："我不太懂，是鞠躬呢还是磕头？"汪朗依然是那平和的笑："随便吧。"我于是把那束花斜靠在墓碑上，给汪先生鞠了一躬，说："汪先生，我们来看你了。"

就这么简单。说实话，我对汪先生实在是有感情的。我感觉他就是我的一位亲人。但是临到把话说出口，我还是有点腼腆。不是我不愿意说，而是我觉着我的爱是广大的，也是厚重的。

我们又站了一会。就多站一会吧。我对汪朗说："这里太挤了，要是能迁到高邮去才好。"汪朗说："人家又没有提出来……"我说："就迁到文游台，不用太大的地方，有个斜坡就行。"汪朗说……他并没有说，他只是微笑着。我说，那是魂归故里。他肯定喜欢的。

——我知道的，文游台山清水秀，去年的国庆，我就在文游台流连，那是汪先生儿时的梦。

汪朗说：“……他不够格……”我说：“沈先生的墓好，在沅边水，那是沈先生的所在。”

汪朗不说什么了。他平和地微笑着。

他说：“就这，就得五万块钱，二十年期限。”

汪朗拍了拍老爷子的墓碑，说：“你就用你的稿费，养活你自己吧！”

我语塞了。我们不说话，慢慢往回走着。

过了很久，想起汪朗的这句话，我忽然要冒泪。

真的。不知道为什么。

# 读汪十记

汪曾祺非常重视语言。他曾说过一句极端的话：写小说就是写语言。他认为，语言本身是艺术，不只是工具。汪曾祺的耐读、耐品，是多方面的。他的文学成就，包含在他所有的诗、书、画之中，从中可以看到他的性情、趣味和审美风格。有人说，汪曾祺是最善于捕捉美的瞬间的；又有人说，汪曾祺是最能俗语着雅言的人。他实在是中国当代文坛的一个异数。他的既现代又传统的审美趣味，既冲淡又睿智的性情和诙谐的人生态度，都成了一代文人的绝响。

# 第一记 《大淖记事》

我在《听沈从文说话》一文中也说过，沈先生说，其次还是要多读书，读书不是受影响，而是受启发。

我听到这句话是感动的。可是我也想：“影响”和“启发”又有多大区别呢？想想还是有一点区别的。影响更直接一点，而启发是由此而及彼，更多的是触动。

我又重读了一遍《大淖记事》。二十多岁的阅读，还带着许多幻想和迷惘。有许多生活的感受还不确切。这一回重读，阅历、感情和人生的状态都不同于少年，因此还是有些启发，或者说，是有新的发现。

我读到巧云出场的这一节：

巧云十五岁，长成了一朵花。身材、脸盘都像妈。瓜子脸，一边有个很深的酒窝。眉毛黑如鸦片翅，长入鬓角。眼角有点吊，是一双凤眼。睫毛很长，因此显得眼睛经常是眯着；忽然一回头，睁得大大的，带点吃惊而专注的神情，好像听到远处有人叫她似的。

沈从文《边城》里写翠翠：

翠翠在风日里长养着，把皮肤变得黑黑的，触目为青山绿水，一对眸子清明如水晶，自然既长养她且教育她。为人天真活泼，处处俨然如一只小兽物。人又那么乖，和山头黄麂一样，从不想到残忍的事，从不发愁，从不动气。平时在渡船上遇陌生人对她有所注意时，便把光光的眼睛瞅着那陌生人，作成随时都可举步逃入深山的神气，但明白了面前的人无心机后，就又从从容容来完成任务了。

1980年春天，汪先生重读了《边城》（是不是因为四川文艺出版社重印《沈从文选集》？），写下了很长的《沈从文和他的〈边城〉》一文。文中做了大量的引文，看来汪先生是认真读的。此文落款1980年5月20日，而《大淖记事》写成于1981年2月。因此我读到巧云“忽然一回头，睁得大大的，带点吃惊而专注的神情，好像听到远处有人叫她似的”，我立即就想到“平时在渡船上遇陌生人对她有所注意时，便把光光的眼睛瞅着那陌生人，作成随时都可举步逃入深山的神气”。之后我便想到本文开头沈从文的那句话。

汪先生在《关于〈受戒〉》一文中也说，是因为集中读了沈从文的小说，特别是沈从文笔下的少女：三三、夭夭、翠翠。这种启发是看不见的，是潜在的，但是它是真实的。我想，《受戒》里的小英子是受沈先生的推动，在《大淖记事》中巧云同样也是受沈先生笔下的少女的推动。

不过，汪先生与沈先生又是多么不同。在语言上，我固执地认为，废名对汪曾祺的影响甚至超过沈从文。在观察生活的方式上，在对生活中哪一类细节比较敏感上，这些，汪先生更是从废名那里来的。所以，多少年后，汪先生还说“我是受过废名影响的”。废名实在是培养作家的作家。我不知道汪先生是在何时、在什么情况下邂逅废名的，但废名对他的影响是刻骨的。也许在气质上汪先生更接近废名。汪先生是相当简洁的，废名也是。汪先生年轻时有过油画般的华丽。他自己说：“我年轻的时候写得是很洋气的。”他不认为自己是乡土文学。他说：“我写得并不土气，相反我还受过西文意识流的影响。”他特别说到伍尔夫。但是他的语言并不繁杂。从他年轻时起，他的语言就很简洁。他选取细节的方式是中国式的，是白描式的。这一点从他二十多岁时的作品中可以看出。

还是说巧云。汪先生直接在巧云身上着墨并不多，可是我们却似乎感觉着墨很多。无字处皆有字。似没有直接写巧云，而气氛中又无处不在。巧云结网织席，时时事事都在帮着衬着她。巧云要么不说话，要说话都是说在点子上的。巧云说的第一句是：

“你这个呆子！”

她是说十一子。这句话还不是说出口的，而是在心里说的。就这一句，就见了人物，见了神态——那一种少女的娇嗔的神态。

第二句是：

“晚上你到大淖东边来，我有话跟你说。”

这时的巧云已经给刘号长占有了。巧云找到十一子，说：“晚上你到大淖东边来，我有话跟你说。”这样的口气，几乎是命令。但这样的命令又是幸福的。巧云有把握这样说话。她这样说了。这样的口气准确极了。

巧云说的第三句话是：“你来！”

巧云上的是“鸭撇子”，一点篙，撑向沙洲。她让十一子自己泅水过来，有点蛮横，有点娇嗔。十一子乖乖地游过去了。

他们在沙洲的茅草丛里一直待到月到中天。

汪先生忍不住抒情道：

“月亮真好啊！”

汪先生是很少抒情的。他说过，一切好的坏的都不要叫出来。

巧云说的第四句话是：

“十一子，十一子，你喝了！”

是十一子被打死过去后，巧云给他灌尿碱汤，巧云是在十一子耳边说的。

第五句：

“不要。抬到我家里。”

老锡匠们点点头，把十一子抬到了巧云家里。

从“你这个呆子！”的娇嗔，到“不要。抬到我家里。”的决绝，只短短五句话，五十个字不到，却看到了人物的成长，看到了情节的推进，人物感情和性格的变化。这很厉害啊，比那些说一大堆话，自己也不知说些什么的作家不知要高明了多少！

感情推进到这里，一切都顺理成章了。巧云可以多说一些话了，一切都自自然然。巧云说：“他们打你，你只要说不再进我家的门，就不打你了，你就不会吃这样大的苦了。你为什么不说？”

“你要我说么？”

“不要。”

“我知道你不要。”

“你值么？”

“我值。”

“十一子，你真好！我喜欢你！你快点好。”

“你亲我一下，我就好得快。”

“好，亲你！”

我引这一段对话其实已毫无意义，可是它实在是太美了——不仅仅是美，是活灵活现，见人见性格。我就愿意引，你管得着吗？

汪先生自己说过，要以己少少许，胜人多多许。他还说，现代小说的特点，就一个字：短。短，是对读者的尊重，也是对自己的尊重。

汪先生说得对，是对自己的尊重。《大淖记事》留了下来，还有人在读，而那些当年红极一时的巨构宏制，到哪去了呢？到废纸堆里打纸浆去了。

其实，我也曾思考过，巧云的这些简明的对话，也不仅仅是作者的简洁，更重要是你看没看清楚。看清楚了，一点就到；没看清楚，说了半天，一派胡言，也说不到点子上，浪费了笔墨，还谋杀了读者——浪费了读者的时间，等于谋财害命。

因此，简洁，不仅仅是个文风问题，更是个观察的问题。

说穿了，是一个对生活的认识问题。

# 第二记 《晚饭花集》

汪曾祺是干净的。孙犁也是干净的。

我说的是文字，读汪先生《晚饭花集》，集内诸篇，《陈小手》《金冬心》《鉴赏家》《故里杂记》……那些文字，无不收拾得干干净净，不是人为的刀砍斧削，也不是枯竭衰疲的瘦弱无力，而是饱和结实，枝摇树动。就是那种删繁就简。深秋的色彩，初冬的素洁。

干净，是我对汪先生文字的最强烈的印象。其实也是我读汪先生所有文字的感觉。在《晚饭花集》中更显突出。这种干净与孙犁有所不同，汪先生更“俏”，峻俏，挺拔，童心。孙、汪可算是当代文学的双璧。阅读他们的文字，心中有说不出的欢喜。他们都是中国式的，他们是汉语的守卫者，是汉语的骄傲。

来看《陈小手》：

和这个胖女人较了半天劲，累得他（陈小手）筋疲力尽。他迤里歪斜走出来，对团长拱拱手：

“团长！恭喜您，是个男伢子，少爷！”

团长龇牙笑了一下，说：“难为你了！——请！”

外边已经摆了一桌酒席。副官陪着。陈小手喝了两盅。团长拿出二十块现大洋，往陈小手面前一送：

“这是给你的！——别嫌少哇！”

“太重了！太重了！”

喝了酒，揣上二十块现大洋，陈小手告辞了：“得罪！得罪！”

“不送你了！”

陈小手出了天王庙，跨上马。团长掏出手枪，从后面，一枪就把他打下来了。

到此还没有完。汪先生还忍不住要写（是团长忍不住）。

团长说：“我的女人，怎么能让他摸来摸去！她身上，除了我，任何男人都不许碰！这小子，太欺负人了！他奶奶的！”

团长觉得怪委屈。

有力，干净，团长的侠义和蛮横，心狠和凶残，不着一字，尽现眼底。

记得一位作家说过，作家一辈子只写两本书，第一本书写自己，第二本书写别人。可以说，汪先生永远都是在写第一本书。他的作品里都有一个“我”。哪怕在小说里，也有一个作为叙述者和旁观者的“我”。汪先生所写的，都是他熟悉的生活。他很少，或者说，从不臆想、杜撰生活。汪先生自己也说，要紧紧地贴着人物去写，用自己的心、自己的全部感情。什么时候自己的感情贴不住人物，大概人物也就会“走”了，飘了。

是的，汪曾祺笔下的人和事，从来都不是想当然。通观汪先生的全部作品，可以写一本《汪曾祺传略》。他的作品大致由四大块组成：高邮、昆明、张家口和北京。最重要的作品的背景，还是高邮和昆明，也就是年轻时的生活印象。汪先生十九岁离开家乡高邮，二十六岁离开昆明。家乡十九年，昆明七年。汪先生在《七载云烟》里说：“我在云南住过七年。1939年至1946年。准确地说，只能说在昆明住了七年。”汪先生自己说过，写小说就是回忆。是的，一个作家，他的童年经验是多么重要。可以说，童年经验决定一个作家的成就。童年是母语。童年是生命的颜色。

汪先生的短篇小说《晚饭花》：

李小龙的家在李家巷。

…………

李小龙每天放学，都经过王玉英家的门外。他都看见王玉英（他看了陈家的石榴，又看了“双窨香油，照庄发客”，还会看看夏家的花木）。晚饭花开得很旺盛，它们使劲地往外开，发疯一样，喊叫着，把自己开在傍晚的空气里。浓绿的，多得不得了的绿叶子；殷红的，胭脂一样的，多得不得了的红花；非常热闹，但又很凄清。没有一点声音。在浓绿浓绿的叶子和乱乱纷纷的红花之前，坐着一个王玉英。

这是李小龙的黄昏。

李小龙很喜欢看王玉英，因为王玉英好看。王玉英长得很黑，但是两只眼睛很亮，牙很白。王玉英有一个很好看的身子。

红花、绿叶、黑黑的脸、明亮的眼睛、白的牙，这是李小龙天天看的一幅画。

这是汪先生写的他自己。他的儿子曾问他："《晚饭花》里的李小龙是你自己吧！"汪先生说是的。他说："我就像李小龙一样，喜欢随处流连，东张西望。我所写的人物都像王玉英一样，是我每天要看的一幅画。这些画幅吸引着我，使我对生活产生兴趣，使我的心柔软而充实。"

是的，汪先生就是这样写作的。我现在这样分析出来，有点琐碎，有点闲散，或许还有点牵强，但这也很有益。因为汪先生就是这样写作的，这是在告诉我们，一个诚实的作家，他的作品是如何形成的。正像一位评论家曾说过的：汪曾祺的语言很奇怪，拆开来看，都很平常，放在一起，就有一种韵味。

我这样评说汪先生的作品，也是一种分拆。拆开来，再组合起来。这样看得更明白些。

汪先生也曾说过废名，说废名是一个真正很有特点的作家。废名、沈从文、汪曾祺，他们是有共通之处的。

他们实在是培养作家的作家。

# 第三记 读《艺术家》

把汪先生的《艺术家》《牙疼》《花·果子·旅行》《理发师》《落魄》《小学校的钟声》《庙与僧》放在一起去读，是件很有趣的事。这些文字都完成于1947年至1948年，那个时候汪先生才二十七八岁。

汪先生在《艺术家》的结尾写道：

露水在远处的草上蒙蒙的白，近处的晶莹透彻，空气鲜嫩，发香，好时间，无一点宿气，未遭败坏的时间，不显陈旧的时间。我一直坐在这里，坐在小楼的窗前。树林，小河，蔷薇色的云朵，路上行人轻捷的脚步……一切很美，很美。

汪先生晚年经常说："我在二十多岁时的确有意识地运用了意识流，我的小说《复仇》《小学校的钟声》，都可以看出明显的意识流痕迹。”

《日记抄——花·果子·旅行》：

我想有一个瓶，一个土陶蛋青色厚釉小坛子。

木香附萼的瓣子有一点青色。木香野，不宜插瓶，我今天更觉得，然而我怕也要插一回，知其不可而为，这里没有别的花。

（山上野生牛月菊只有铜钱大，出奇的瘦瘠，不会有人插到草帽上去的。而直到今天我才看见一棵勿忘侬草是真正蓝的，可是只有那么一棵。矢车菊和一种黄色菊科花都如吃杂粮长大的脏孩子，要经过很大的努力与克制喜欢它。）

过王家桥，桥头花如雪，在一片墨绿色上。我忽然很难过，不喜欢。我要颜色，这跟我旺盛的食欲是同源的。

我要水果。水果！梨，苹果，我不怀念你们。黄熟的香蕉，紫赤的杨梅，蒲桃，呵蒲桃，最好是蒲桃，新摘的，雨后，白亮的磁盘。黄果和橘子，都干瘪了，我只记得皮里的辛味。

精美的食物本身就是欲望。浓厚的酒，深沉的颜色。我要用重重的杯子喝。沉醉是一点也不粗暴的，沉醉极其自然。

我渴望更丰腴的东西，香的，甜的，肉感的。

纪德的书总是那么多骨。我忘不了他的像。

葛莱齐拉里有些青的果子，而且是成串的。

这是早期发表在上海《文汇报》上的一组散文里的一篇（载于1946年7月12日）。这一组文字1949年后丢失了，是新近发现的汪的逸文（没有收入《汪曾祺全集》）。说是“日记抄”，明显看出是从日记中摘录出来的。这些文字更像是散文诗，意象和文字的跳跃非常强烈。“那种丰满、精力弥漫”是无与伦比的。这是年轻的生命，这是对未来还不能把握的一个年轻人的弥漫的遐想，也是那种“一人吃饱全家饱”的无所拘束和散漫落拓。

我看过汪先生二十多岁时的一张照片，脸上线条光洁，短发，嘴里叼着一只烟斗，一副故作老成的样子，完全是一副“爱上层楼”的自负。可是，精神，饱满，一种旺盛的生命充溢着，眼神清澄极了。

我只坐过一次海船，那时我一切情绪尚未成熟。我不像个旅客，我没有一个烟斗。（《日记抄——花·果子·旅行》）

我需要花。

抽烟过多，关了门，关了窗。我恨透了这个牌子，一种毫无道理的苦味。（《日记抄——花·果子·旅行》）

抽烟的多少，悠缓，猛烈，可以作为我灵魂的状态的记录。在一个艺术品之前，我常是大口大口地抽，深深地吸进去，浓烟弥满全肺，然后吹灭烛火似的撮着嘴唇吹出来。夹着烟的手指这时也满带表情。抽烟的样子最足以显示体内浅微的变化，最是自己容易发觉的。（《艺术家》）

这是一个怎样的生命？！汪先生在去世前的两个多月，为《旅食与文化》写题记。在文尾，汪先生写道："活着多好呀。我写这些文章的目的也就是使人觉得：活着多好呀！"这跨越了半个世纪的文字对照着去读，让我们看到一个怎样的生命！生命！生命！一个年轻的鲜活的生命，"空气鲜嫩"。是啊！年轻多好呀！可以那么张扬，那么多的妄想，那么多的不切实际和自以为是！可是，"这一切很美，很美"。

汪先生晚年在有些文章中说，他喜欢疏朗清淡的风格，不喜欢繁复浓重的风格。其实汪先生晚年的文章，就是疏朗清淡的。这也是为什么会有这么多读者喜欢汪先生文字的个中原因。可是他年轻的时候又是多么繁复！那些文字黏稠、绵厚，不乏恃才自傲，用词往险、绝、峻里去。

这样的变化是必然的。从"爱上层楼"到"无事此静坐"，一个人的一生，总是要变的。这种变化，不妨往书里去找，更重要的是，往生活里去找。"曾经沧海难为水"，一辈子下来，经的事多了，人情练达，无须卖弄。一切归于萧疏、俊逸，成就了一派大家风格。

汪先生晚年论语言：我以为语言最好是俗不伤雅，既不掉书袋，也有文化气息。青年作家还是要多读书，特别是古文。雅俗文白，宋人以俗为雅，今人大雅若俗。能把文言和口语糅合起来，浓淡适度，不留痕迹，才有嚼头。

汪先生这是夫子自道。他一生的经验都告诉了我们。

# 第四记 读书解暑

## 一

七月甚热，一个女孩给我发来短信说：“这几日有三十九度，要热死人的。”我也是赤足短裤，蜷于室内发呆。昨日黄昏出门，路过一小书店，便走进去，无意中竟见到一本新编的汪曾祺散文集。这本由山东画报出版社出的名为《五味》的汪集，编法别致精美，以汪曾祺谈吃的散文三十二篇编为一辑。书不厚，只一百七十七页，文亦只有八万余字，可精美俊逸。内文插有齐白石、八大山人、徐文长和汪本人画的瓜果菜蔬小品，亦配有坊间的一些风俗小画，煞是可爱。我虽有汪的许多文字，可这册小书，正适合苦夏解暑，于是便毫不犹豫掏了银子。

于是每晚我便蜷于沙发，一篇一篇翻去，一字一字诵出声来。读汪先生的文字，我有时就摇头叹息。大师的文字总是能通俗明白，又雅致萧疏。所谈皆为吃喝之俗事：炒米、焦屑、咸菜茨菰汤、端午鸭蛋、虎头鲨、斑鸠、马齿苋、荠菜、蒌蒿、拌菠菜、拌萝卜丝……可写得文采缤纷，饶有兴致。《昆明菜》一篇，说到昆明的炒鸡蛋："炒鸡蛋天下皆有。昆明的炒鸡蛋特泡。一掂翻面，两掂出锅，动锅不动铲。趁热上桌，鲜亮喷香，逗人食欲。"真的把人的食欲给"吊"了起来。我出声读一遍，你跟着我读，是不是很好？《口味·耳音·兴趣》写到人的口味："有人不吃辣椒。我们到重庆体验生活。有几个女演员去吃汤圆，进门就嚷嚷'不要辣椒！'卖汤圆的冷冷地说'汤圆没有放辣椒的！'"几句话把人写得活灵活现的。口气中把人物都托出来了。有人曾问汪先生："你是不是整天拿个笔记本在街上记？"汪先生才不呢，但是在生活中他常常偏着头，用一双发亮的眼睛望着你。他是用心记"生活"。所拟题目亦好：《菌小谱》《果蔬秋浓》《鱼我所欲也》《肉食者不鄙》《食豆饮水斋闲笔》。可谓古雅。《〈知味集〉征稿小启》真是一篇雅文，开篇写道："浙中清馋，无过张岱，白下老饕，端让随园。……四方小吃，生猛海鲜，新摘园蔬，暨酸豆汁，臭千张，皆可一谈。"王蒙说汪先生是当代作家中极少数还能用文言文的作家。可王安忆说，汪先生是顶顶容易读了，总是最最平凡的字眼，组成最最平凡的句子，说一件最最平凡的事情。还是贾平凹说得好："汪是一文狐，修炼成老精。"汪先生实在是能雅能俗，可雅可俗，大雅大俗。

因此我想，能做到雅俗自如，也不是随便“修炼”就能修炼出来的，那是性情和学养的自然流露，是集一生修读的自然流淌。

在读这本《五味》的同时，我有时又翻翻《汪曾祺全集》（卷八）的书信部分。1987年9月至12月，汪先生在美国爱荷华州参加“国际写作计划”期间，写回来的一组“美国家书”，都是极好的散文。家常书信，落笔雅适，这非一日之功。汪先生自己也曾在《蒲桥集》自序中说希望把散文写得平淡一些，自然一些，“家常”一些，又说“其实许多书信、日记、读书笔记乃至交代检查，都可以是很好的散文”。

是的，汪先生有些短笺，仅仅几句话，也不时会冒出一两句“奇句”，让人惊叹。前不久高邮县汪曾祺故居给我寄来该馆编的一本汪曾祺的内部资料辑录。我用两个晚上将这本资料看完。内中有一封汪先生写给高邮县官员催促归还被占去多年的祖宅的短笺，汪先生在说了“归还我的房屋，此其时矣”之后，也不经意中“抒情”了一下：“曾祺老矣，犹冀有机会回乡，写一点有关家乡的作品，希望能有一枝之栖，区区愿望，竟如此难偿乎？”短笺仅约百字，却让人读出归有光的味道。

这个夏天，我的母亲来住了一阵。母亲来时，给我从老家带来一瓶腌小蒜。我的家乡天长，和高邮仅一湖（高邮湖）之隔，风俗、习俗几近相同。我白嘴尝了一口那久违了的家乡的小菜。仅一口，却一下子让我想起童年夏天的黄昏。这埋藏了多年的乡愁，勾起我许多儿时的记忆。我想，如若汪先生在世，我给先生捎上一瓶，先生定会非常高兴。说不定又会写出一篇《小蒜》。这本谈吃的三十二篇散文之中又会多出一篇来！

二

汪曾祺先生在一篇文章的结尾，写到他一天清晨迷迷糊糊地做了一个梦，梦见一头骆驼在吃一大堆玫瑰。汪先生自己说是“一个荒唐的梦”。

真是一个荒唐的梦！这是一个沉思的老树的精灵的梦，是一个纯粹的艺术家鲜活的“第二思维”。是梦，是迷糊，却看见了美。

刘震云的小说《一地鸡毛》，写到曾经挥斥方遒的小林最后被生活弄得支离破碎，有一天半夜做了一个梦，梦见自己睡觉，身上压着一堆鸡毛。

这是一个被纷纭的生活弄得昏头转向的小人物的无可奈何的意识流。

莫言曾经说过一个梦。说一个人走夜路，走到一片坟茔。这片坟茔是一片芦苇滩。夜太黑，这个人很害怕，便故意走得很响。当他走到滩边浅水中，刚想涉水过去，就听水中“哗啦——”一声，十几个小鬼从水中冒出来，穿着红肚兜，面如孩童，也只七八岁，一律扎着两根冲天小辫，双手捂耳，齐声大叫：

“吵死嘞！吵死嘞！”

这真是一个千古绝梦，一个一点不让人害怕的梦，一个很可爱的关于鬼的梦。

前不久我做了一个梦。梦见了汪曾祺先生，梦的情形是这样的：我在一块别人家的宅基地上晒大白菜，大白菜的四周围了几十双各色各样的鞋。我就坐在那里看住我的大白菜和鞋。汪先生由他的孙女卉卉携着在宅基地边上遛弯。宅基地的这边有许多人在学跳舞，地上放着的一个双喇叭收录机里正放着音乐。爷孙俩遛了一会儿，往回走。当走过跳舞的人群时，汪先生忽然拉过卉卉跳起了水兵舞，动作舒展自如。忽地他又将孙女同别人交叉，又拉过一个女伴，对人说："这样，这样。"他边说边比画："换位是这样的……"跳了一会，汪先生下来，用手捂着腰眼，我过去说："谁碰了您了？"汪先生说："腰疼。"我说："赶紧回去吧。"这时我拿起汪先生脱下的帽子和米灰色大衣，给他戴上帽子，卉卉抱住他的一只胳膊，我将风衣从他身后给他套上袖子穿上。

汪先生套好大衣回过头来，黑黑的脸，笑，白亮亮的牙齿，说：

"谢啦您！"

就走了。晚上我开始收拾晒的大白菜和鞋，往回走时，到马路边，见到马路对面汪先生一家正在吃晚饭——一个县城，黄昏的景致。

我怎么把汪先生家搬到了这么一个陌生的小城？

可梦境真切，真是奇怪。

## 三

我手头有一幅藏画，是汪曾祺先生的《昆明猫》。画面上一袭绿色软垫，一只小猫蜷于其上。有趣的是，汪先生题了长长的一段款识：

昆明猫不吃鱼，只吃猪肝。曾在一家见一小白猫蜷卧墨绿软缎垫上，娇小可爱。女主人体颀长，斜卧睡榻上，甚美。今犹不忘，距今四十三年矣。

四十三年一梦中，
美人黄土已成空。
龙钟一叟真痴绝，
犹吊遗踪问晚风。

这幅画作于1996年。其实这已是汪先生第三次提起这样的一个记忆。可是，“曾在一家见一小白猫”，是在哪家？又是在何时？查《汪曾祺文集》，有《绿猫》一篇：

……有一回我到一个人家去。主人新婚，房间的一切是才置的……我的眼睛为一个东西吸引住了，墨绿缎墩上栖着一只小猫。小极了小极了，头尾团在一起不到一本袖珍书那么大。白地子，背上米红色逐渐向四边晕晕地淡去，一个小黑鼻子，全身就那么一点黑。我想这么个小玩意儿不知给了女主人多少欢喜……我看见了那个墩子，想这团墨绿衬得实在好极了。我断信这个颜色是为了猫而选的。

此作写于1947年7月的上海，发表于当年第五卷第二期《文艺春秋》上。汪先生1946年夏从昆明到上海，经李健吾介绍到私立致远中学教国文，这篇小说正是写于“雨点落在上面乒乒乓乓”（汪曾祺语）的洋铁皮房子里——就是黄裳说的“在福熙路上的致远中学”“我跟他去玩过，但实在没有什么好玩”（《忆汪曾祺》）的地方。

这是一篇汪曾祺早期的意识流小说。说到汪曾祺早期的意识流作品，除汪先生自己常提到的《复仇》外，还应该包括《艺术家》《悒郁》《唤车》《花·果子·旅行》和这一篇《绿猫》。学者杨早在编注《大家小集·汪曾祺卷》时，关于《绿猫》，有一段很中肯的评注：“同样带有浓厚的实验色彩和明显的意识流手法运用。”汪先生自己曾坦言，自己年轻时受过西方意识流的影响，很喜爱弗·伍尔夫和阿索林的作品。他认为“意识流是覆盖着阴影的、清凉的、安静透亮的溪流”。我觉得似可补充的是，那时汪曾祺是一个才二十七岁的青年，没有稳定的工作，对人生也还没有正确的目标，生活似还处于一种“飘浮”的状态，有一段时间他情绪低落，甚至写信给老师沈从文表示自己想过自杀。这也是容易在一个青年的文字中得到反映的——意识流不仅仅是一种创作手段，某种程度上，更是作家自身状态的体现。

1997年3月，汪先生去世前两个月，他写了散文《猫》：

有一次，在昆明，我看见过一只非常好看的小猫。这家姓陈，是广东人。我有个同乡，姓朱，在轮船上结识了他们，母亲和女儿，攀谈起来。我这位同乡爱和漂亮女人来往。……有一次在金碧路遇见我们，邀我们上她家喝咖啡。我们去了。这位母亲已经过了三十岁了，人很漂亮，身体高高的，腿很长。她看人眼睛眯眯的，有一种恍恍惚惚的成熟的美。她斜靠在长沙发的靠枕上，神态有点慵懒。在她脚边不远的地方，有一个绣墩，绣墩上一个墨绿色软缎圆垫上卧着一只小白猫。这猫真小，连头带尾只有五六寸，雪白的，白得像一团新雪。这猫也是懒懒的，不时睁开蓝眼睛顾盼一下，就又闭上了。屋里有一盆很大的素心兰，开得正好。好看的女人，小白猫，兰花的香味，这一切是一个梦境。

这又一次提到昆明猫。这样更确切了。绘画、小说和散文，三种不同的表现方式，但只有一个指向：美，对美的认识和感受。

关于昆明猫，汪曾祺写了三次，不同的年岁，不同的心境……到了老年的汪先生，这一切，“就是一个梦境”了。

一个作家的童年记忆深埋心中。汪先生说过，写小说就是写回忆。回忆是经过沉淀的岁月，是明晰宛若秋空般澄明，或删繁就简如冬树般简洁。《昆明猫》即是。

通过《昆明猫》，也能看出汪曾祺一贯的创作思想。

# 第五记 鲜活灵动

## 一

到北京出差，汪曾祺先生的小女儿汪朝送了我一套刚出版的《汪曾祺全集》。我在回合肥的火车上翻了翻，集中的绝大部分小说、散文我都读过，只是第八卷中的一束美国家书，因以前没有发表，无缘拜读。于是我便在南行的列车上一口气读完，痛快淋漓。

家书共十六封，约三万言，是汪先生1987年9月至12月在美国爱荷华大学国际写作中心期间写给师母施松卿的信。可能每个人都有这方面的经验，书信有时和创作在风格上相去甚远。有的人文章写得很漂亮，可在平时的书信中便见出拖沓和平庸，有些文字给人以判若两人之感。而读汪先生家书，则和读他那些精美的小说、散文一样，显出万般的灵动与鲜活。

汪先生写道："爱荷华河里有很多野鸭子。这里的野鸭子比中国的大。野鸭子本是候鸟，爱荷华的野鸭子河里结了冰也不走，野鸭子见人也不怕。"（家书之四）难道说，美国就没有一点别的值得记录的了？你大老远第一次来到美国，不写政治，不写经济，不写文化，偏写这些劳什子做什么？可这些文字，便让我立即联想到他的"香港的大树"和"乌鲁木齐的斑鸠声"，一个主题——环境与人类的生存。文字静美，见出别出心裁的观察。

汪先生在爱荷华不是住的宾馆，而是住在公寓里，因此，必须每天自己烧饭洗碗。他和古华合住一套，因此，便弄出许多故事来。汪先生与古华商定"我做菜，古华洗碗"。"昨天我已为留学生炒了一个鱼香肉丝。美国的猪肉、鸡都便宜，但不香，蔬菜肥而味寡。大白菜煮不烂。鱼较贵。"他欣喜地发现韩国人的铺子里"的确什么佐料都有，生抽王、镇江醋、花椒、大料都有"。这可说是一束家书的典范，真正是"婆婆妈妈"，像一个到美国去采购的中国厨子！

然而，家书并不都是这些内容，大部分是记录他在美国的行踪，在纽约、芝加哥、华盛顿、波士顿和费城等地旅行的见闻，在哈佛、耶鲁、费城等大学的讲演的内容。在林肯墓，他发现了林肯的鼻子是可以随便摸的；在海明威农场，他发现海夫人非常胖，"我抱了一下，胖得像一座山"。汪先生在哈佛等大学的讲演引起许多学者和留学生的兴趣，聂华苓说："你讲得很棒！最棒！”连汪先生自己也忍不住说出“我每次讲座都挺棒的”这样的话来。

家书中的有些地方还是深深地打动了我。“两位老人抱在一起，大家都很感动。我抱了映真的父亲，忍不住流下了眼泪。后来又抱了映真，我们两人几乎出声地哭了。《中报》的女编辑曹又方亲了我的脸，并久久地攥住我的手”，这是汪先生在参加聂华苓家的一次家庭舞会的场景，事后汪先生说：“我好像一个坚果，脱了外面的硬壳。”

写到这里，我忽然想到，通过这些家书，我们学习到了什么？我静静地想了一会，于是我便在一张便笺上记录下这样的一些文字：“很美”（聂华苓语），智慧，“下笔如有神”（张兆和语），平民化，爱自己的祖国，中国式的人道主义者。

## 二

二十年前的四个笔记本又回到了我的手里。这是一个久违的约会。也是我意料之外的。汪曾祺的小女儿汪朝将我的四个笔记本给寄了回来。

我想象不出汪先生收到这四个笔记本时的表情。那应该是个秋天的午后，蒲黄榆九号楼一二〇一室的窗外有点小风，天高高蓝蓝，一切正好。邮差来了，送来了这么一封厚厚的信。汪先生一定是疑惑的，俟打开，是这四个牛皮纸封面的简易的笔记本。汪先生好奇地翻了翻，那些密密麻麻的字都是来自他的短篇小说《晚饭花集》。于是那个下午汪先生心情很好，他有些得意，也有些自负，说不定那个下午他还写出了一点东西，一篇短小说的开头，或者一幅忆旧的小品。

现在这四个笔记本经过一番旅行，又回到了我的手中。这时汪先生已驾鹤西去十多年。我随手翻开一页：

邻居夏老人送给李小龙一盆昙花。昙花在这一带是很少见的。夏老人很会养花，什么花都有。李小龙很小就听说过“昙花一现”。夏老人指给他看：“这就是昙花。”李小龙欢欢喜喜地把花抱回来了。他的心欢喜得咚咚地跳。

这是《昙花、鹤和鬼火》的开头。李小龙就仿佛是汪曾祺，喜欢随处流连，东张西望。汪先生在《晚饭花集》的序言也告诉过我们：“李小龙是我自己”。笔下的人物，都是汪先生每天要看的一幅画。这些画幅吸引着他，使他对生活产生兴趣，使他的心柔软而充实。这也是汪先生自己说的，同样是在那篇“夫子自道式”的序言里。

现在我想不明白：二十年前我花了那么大的力气，抄了那么多汪曾祺的小说、散文，抄在那厚厚的四个大笔记本上，那些文字究竟给了我什么？

我想我首先要在心中为汪先生立一座碑。他的那些文字，改变了我的生命——我整日痴迷地浸淫在其中——它们改变了我的性格，改变了我对生活的态度。我在顽劣的少年时期，养成了一个多么乖戾、叛逆的性格啊！我一个曾经的朋友，在一次酒后，忽然对我说："你是'危险人格'。"说这话时我们正同时小解。他突然这样说，使我一身冷汗，使我正进行的小解停止于一半。接下去的下半场饭局，我一声不吭。朋友们以为我生气了。其实他们哪里知道，我是多么庆幸。我们知道，每个人都是两面的，就像一枚硬币。我们每个人的内心，都知道自己是多么丰富。我们每个人都有自己的一套内部语言。我想，这个世界上的每个人的内部语言，如果有可能都呈现出来的话，那是一件多么可怕的事情。譬如，我们的内心经常会说"我恨不得吃了他"，或者说"我恨不得杀了她"。这都是非常危险的。这不是气话，也不是说着玩玩的。有时就是这样的一念，使一个生命走向了另一个方向。我们不得不承认，有些人群是危险的，有些性格也是危险的。这说起来非常复杂，但有一点是肯定的：与一个人少年时成长的环境有关。一个忧郁的少年时期，一个屈辱的少年时期，都会扭曲一个人的人格。可以说，汪先生的文字，改变了我整个人生走向。（就像张爱玲也改变了某些人一样。）这绝非危言耸听。我们每个人都知道自己会想些什么，会做些什么。

它使我内心柔软，对生命，对一切生灵，充满怜爱之心。

它使我懂得欣赏美的东西：花朵，溪水，草木和少女。

它使我不为物质所累，心中有光，有生命的"大"的妄想……尽管这种想法有时是虚幻的，但它是有益的。

它使我在漫长的生命中，性格中慢慢有了点书卷气，甚至包括长相。

汪先生说他“是一个中国式的抒情的人道主义者”，这绝不是随便说的。

二十岁时读书，不管你是带着何种想法和目的，其实现的结果，不是学习写作方式，不是为了排遣青春的苦闷，不是仅仅为了陶冶性情。它最终改变的，是一个人的气质——价值观、审美观、生活态度、人生立场——因为那正是一个人性格形成的时期。

几十年过去了，我也是坐四望五的人了。我可以说，我平淡而充实地度过了这半生。我的人生态度、生活习性也都已定型。我已变成一个平和、随性、散淡之人（尽管有时也会为一点小事生气）。我依然是不会为眼前的利益所羁绊，心中有那么一些不切实际的想法。我知道，这些想法可能永远是虚幻的，穷其一生也不能实现，但它们是有益的。

其次才是影响了我的写作，使我一生热爱文学。我想，热爱文学，是没有什么错误的。我从汪先生那里汲取了文字的修养和写作的方式。我从他那里追到了沈从文、废名、归有光。有人说，一个好的作家，其实是一个通道。我很同意这种说法。一个好的作家，他不是一个点，而是一个面。文学使我丰富了人生，也使我的心走向更远。它使我充实而自负、自怜、自爱。这是一件没有办法的事情。事实就是如此，你不可改变我。

我摩挲着发黄的、浸染着陈旧岁月的这四个简陋的笔记本，心中湿润而温热。它们其实是浓缩了我的青春的。那些笔迹虽然稚拙，可它们倔强，痴迷而又执着。它们飞扬着我二十岁虎头虎脑的模样。我仿佛觉得，那些文字，像一只只眼睛，透过那一页页的纸在注视着我。我小声地诵读了一段：

金冬心尝了尝这一桌非时非地清淡而名贵的菜肴，又想起袁才子，想起他的《随园食单》，觉得他把几味家常鱼肉说得天花乱坠，真是寒乞相，嘴角不禁浮起一丝冷笑。

——《金冬心》

那种感觉仿佛是汪先生自己在说。他有时斜坐在椅子上，偏着头；有时靠在椅背上，目光眈眈，手中烟卷的烟雾笼罩在脸上；有时用手微微掩着嘴偷偷地笑，心中似有一个快乐要说出来；有时则眼睛直直地看着远方，目光凝重而深沉。我太熟悉他的神态和口吻了。我忽然对着这四个笔记本说：不疯魔，不成活。——呵呵，我成活了吗？！

我已经为这四个笔记本寻找到了它们的归宿。高邮汪曾祺纪念馆已对我说过，给他们去保存。它们是一个曾经的文学青年对汪先生的崇敬的最好写照。我想，它们的最好的去向，是高邮。

# 第六记 “贴”着人物

“贴”着人物去写。这句话不是我发明的。这是沈从文先生20世纪40年代在西南联大的课堂里讲给学生的。学生中有一位叫汪曾祺的。如今这个学生已成为当代著名作家。“贴”着人物去写，我是听汪曾祺先生讲的。

我从1980年开始读当代小说并试着写小说，那时真是什么也不懂。从小学到中学，我记忆中的文学作品除课本中的寥寥几篇，大约只有《一块银元》和《小黑鳗游大海》了。出家人不打诳语。如今我写了些习作，不能因为虚荣而胡诌“幼时外祖母讲甚神话，少年得到家庭几多艺术熏陶，自个又是多么有文学天赋”。说实话，我的文学根底的确全无。前些时和一位较有名气的青年作家闲聊，我们的共同感受是：我们开始搞创作时，确是仓促上阵。如今也真真切切感受到了，并且深感底子不足。

刚开始的几年，我读了不少也写了不少。可除在小报上发些豆腐块之外，几乎一篇正经东西没能发表——如今说来那些习作也实在是太差，语言没有张力，人物立不起来。直到1986年我读到《棋王》才有些迷迷糊糊地醒悟（《棋王》使我在文学上走了捷径，否则也许至今还在绕弯儿）。《棋王》给我的最大感受是：语言“硬”。这是什么感觉呢？我至今也说不清爽。是实？是涩？是简洁？是单纯？似乎有这么一点儿意思，但又很不够。这也得全靠感觉罢。得到《棋王》的启发，加之我陆陆续续读的何立伟、徐晓鹤、肖建国，还有我的恩师汪老等一批作家的大量小说，我迷迷糊糊地“码”着这种路子写了一篇，题目叫《老人与小东西》。是写一个老人和一个叫“小东西”的孩子在塘边钓鱼的一点小故事——我小时极好钓鱼，因此对钓鱼熟稔至极。稿子写了约有六千字。那时的“四小名旦”在全国文学青年中极有影响——《青春》《丑小鸭》《萌芽》《青年文学》。我便复写四份，同时寄给这四家刊物。很快，《萌芽》就寄来了一个信封，我急切切地拆看：一纸铅印退稿信并原稿。当时心中不是滋味，失望极了。很快，我便把这个稿子给忘了。谁知过了有大半年时间，在一个秋天的午后我突然接到《丑小鸭》的一封信，信中说我的《老人与小东西》留用了，当时狂跳的心儿欲蹦出胸膛！

那一篇小说，大约是“贴”了人物去写的。语言很“硬”，虽则有些生硬，然编辑老师还是原谅了这个“硬”，使一个青年的处女作得以问世。

我初尝了“硬”的写法——“贴”着人物去写，之后写起来就顺手多了。所谓“顺手”，一则是在下笔时心中实在，不觉空虚；二则是写出的东西发表率高多了。

1989年，我在鲁迅文学院进修时，有幸结识了汪曾祺。汪老在一次讲课中说道，要“贴”着人物去写。这是我第一次听到这句话。汪先生解释说，“贴”着人物写，就是写其他部分都要附丽于人物。比如说写风景也不能与人物无关。风景就是人物活动的环境，同时也是人物对周围环境的感觉。风景是人物眼中的风景，大部分时候要用人物的眼睛去看风景，用人物的耳朵去听声音，用人物的感觉去感觉周围的事件。他的这番话使我豁然开朗。这句话我仿佛寻找了许多年，我一下子似乎明白了许多。我读过汪先生的一篇小说，他写到一个山里孩子参观暖房，暖房里冬天结黄瓜、西红柿。汪先生写孩子对黄瓜、西红柿的感觉：“好像上了颜色”。这就太对了！如果汪先生写“黄瓜，西红柿真鲜艳”，那就完了，就不是山里孩子的感觉了。

我自己的拙作《夏日》（载《中国作家》1993年第1期），写在小镇银行干出纳、只十几岁的两个少男少女恋爱的故事。这两个孩子只有那么一丁点朦胧的爱的意识，又因了“乡下日子寂寞，业务也不太繁忙”，又是夏日燥热的午后，这两个孩子正是青春年华，生活都挺无聊。就在这么一种特定的情况下，又只有他们两个人，那么一丁点儿的朦胧的爱的意识萌芽了。在冲动之下男孩就亲了一下女孩。亲过之后，女孩愣了一下突然哭了。这时男孩反被自己荒唐的举动吓住，见了眼泪，就来安慰女孩。他的安慰方式也只是不断地叫女孩的名字：“小妹、小妹、小妹。”这是一个被爱情弄得非常慌张的男孩，不可能非常从容地说出一番道理。如果这时男孩对女孩信誓旦旦，立即表态我多么爱你，你怎么可爱、怎么漂亮，这样去写恐怕就不太准确，就不“贴”了。在写《夏日》时，写到这个地方，我是愣了好一会儿的——的确有漫长的工夫。“凝眸沉思，烟灰自落”。

汪老的那一次讲课给我的印象太深了。特别是“‘贴’着人物去写”，给了我极大的启发，使我终生受用。不管在什么时候，只要拿起笔来，首先想到的是要“贴”着人物去写。这里我将这句话也赠与和我同好的文学朋友。我们刚刚起步，最好将路子走正，这样免得走许多弯路。

# 第七记 呼吸墨迹

## 一

城市的秋天依然是灰蒙蒙的。因此我就翻阅这本画册来搜寻秋天的感觉。

我随便打开一页，是一幅芭蕉。画面上芭蕉有六七把，墨色极淡。可在画面的左下角偏偏又添一枝樱桃，鲜红的色彩。数数有十二枚，被两片嫩嫩的绿叶托着。在樱桃的枝头，竟然还栖息着一只棕腹黑背长喙的小鸟。鸟儿神情专注。仿佛聆听，又似凝视，煞是可爱。

我又翻到一页。这是一幅茶花。洇洇的五朵，花朵艳得抹不开。题款云：云南茶花天下第一，西山华亭寺有宝珠茶一本，开花万朵。画画的老人自己曾说过："近年画用笔渐趋酣畅，布色时或鲜浓，说明我还没有老透，精力还饱满，是可欣喜也。"

我打开的是一本自制的画册，所收集的乃汪曾祺先生绘画作品的照片。

在秋天阅读这本画册是适宜的。它是你内心所敬重的生命悄然消失之后留下的较为纯粹的东西。它宁静而又亲切，与秋天的心境极为相近。

是那年的一个秋天吧，我来到画这本画册的老人家里。老人安静而又亲切。他缓缓地在小书房和客厅间动作着。是去沏茶吧。我看着这个动作如茶肆里卖茶的老头一般迟缓的人，心想：他的生命是多么灿烂呀。就在这个秋天，老人托我去把他所画的几十幅作品装裱一下。同时老人有个小小的奢望：在中国美术馆搞一个小型画展。装裱之后我将这些画送还老人，可展览之事老人再也没有提起。那些字画如今也不知了去向。我想大概是让老人陆续送人了吧。

幸亏当时我多一个心眼呵！将裱好的字画拍了照片装订成册。

汪曾祺是以小说、散文闻名的，画画只是他的业余爱好。可在他生命的最后几年，却把"副业"当成了主业，兴趣都用在画画和写字上了！

我一页页翻看着画册，一幅幅画面就这样真实地呈现在眼前。宗璞说汪曾祺的"戏与诗，文与画，都隐着一段真性情”，画家马得称赞汪曾祺“荷叶画得好不稀奇，题字与画结合得这样好却是难得的”。倒是汪先生自己的评价较为中肯：“我画不了大写意，也不耐烦画工笔。我最喜欢的画家是徐青藤、陈白阳。我的画往好里是有逸气，无常法。”

我在这个秋天阅读这册画集时，却生出一种“如秋叶之静美”的感觉，颇有“一竿风月，一蓑烟雨”之境。这册画集里的一些作品的真迹我是有的，偶尔我也会取出看看。那些墨迹是真实的，仿佛在呼吸，仿佛仍透出那个画画人的精气神。

## 二

我珍藏着汪曾祺先生的一幅画稿和一篇只有几页的残稿。

先说《小芳》这则手稿。它是汪先生废弃了的一个开头。《小芳》是汪先生晚年较特别的一个短篇小说。这篇小说曾发表在《中国作家》杂志上并获当年《中国作家》优秀短篇小说奖，现收入《汪曾祺文集·小说卷（下）》（江苏文艺出版社出版，陆建华主编）。说它特别，是因为这篇小说还有一段鲜为人知的佳话。好几年前，《小芳》刚脱稿时，它的第一位读者——先生的小女儿汪朝反讥老爷子说：“写的什么呀！一点才华都没有！”那几年汪先生正被如何突破自己所困惑，《小芳》一稿给汪先生带来一丝欣慰，可女儿一瓢冷水当头。汪先生赌气似的说：“我就是要写得一点才华也没有！”

我反复用残稿和发表后的《小芳》进行了对照，虽说这篇六千字的小说写得质朴无华，可汪先生写得并不轻松。残稿的开篇是这样的：

小芳在我们家当过一个时期保姆，看我的孙女卉卉，从卉卉三个月一直看她到两岁零八个月进幼儿园日托。

她是安徽无为人，无为木涧镇程家湾。姓程。无为是个穷县，地少人多，人均土地一亩，实只八分，当地习惯，以八分为一亩。平常年月，打的粮食勉强够吃。

而定稿后的《小芳》，则简约多了：

小芳在我们家当过一个时期保姆，看我的孙女卉卉，从卉卉三个月一直看到她两岁零八个月进幼儿园日托。

她是安徽无为人。无为木涧镇程家湾。无为是个穷县，地少人多。地势低，种水稻油菜。平常年月，打的粮食勉强够吃。

汪先生自己对《小芳》一直比较偏爱，他曾在一篇谈创作的文章中说过大意如下的话：生活中真实的事情，我写起来就比较平实，看似没有多少才气。可虚构太多了，我又觉得对不起人家。

再说画稿。

近又得汪先生一残画。画的是一只小白猫蜷卧在一块墨绿色的软缎面上。小猫憨态可掬，猫眼顾盼有神。右下角题了老长的一段款儿：

昆明猫不吃鱼，只吃猪肝。曾在一家见一小白猫蜷卧墨绿软缎垫上，娇小可爱。女主人体颀长，斜卧睡榻上，甚美。今犹不忘，距今四十三年矣。

四十三年一梦中，
美人黄土已成空。
龙钟一叟真痴绝，
犹吊遗踪问晚风。

汪曾祺先生早年说他年轻的时候就受过伍尔夫等西方意识流作家作品的影响。几十年过去了，从汪先生的这幅画稿的题款中不是也同样看到意识流的痕迹吗？“菌子已经没有了，但是菌子的气味留在空气里”。一个作家青年时读过的作品是会影响他一辈子的。

三

汪曾祺先生生前曾写过一首五言诗，内中有这么两句：生涯只如此，不叹食无鱼；亦有蹙眉处，问君何所思。

我同汪先生交往整九个年头，近一年几乎每个月都去一两趟，有时因稿件的事，一个星期去好几次，见汪先生“蹙眉”，只有这么一次。

那是有一年的冬天，我为长江文艺出版社跑《中国当代才子书·汪曾祺卷》的事，去催汪先生赶紧为书写一篇自序。那天推门进去，见汪先生笑模笑样的，腰虽弯着，可眉毛舒展，眼睛含笑，一眼望去便知先生心情不错。先生为我沏上茶，两人刚点上烟开始“对吹”时，电话铃响了。电话中，先生没说几句话，脸就沉了下来，显得很生气。先生在电话中大声说：“他们来头很简单，就是冲着我汪曾祺来的！完全是讹诈！”我听了半天，听明白了，又是为《沙家浜》剧本的事。“我可以向××同志家属道歉！……可是我们这些人的精神损失费，又有谁来赔！”先生最后说了这么一句撂了电话。

汪先生坐回沙发，显然还有些激动。我为了缓和先生的情绪，说：“别理他们，让他们折腾去，难道他们还能到北京来拉您到上海出庭不成？是一帮小记者想借您出名罢了。别同他们置气。”这个官司我知道一些。某出版社1993年出版的《汪曾祺文集·戏曲剧本卷》收了京剧《沙家浜》剧本，这个剧是根据某作者创作的沪剧《芦荡火种》改编并创作的。某出版社出版时只署了京剧剧本四个改编者的名字，漏掉了“根据沪剧《芦荡火种》改编”十个字。不知谁出的主意，让作者的家属和上海沪剧院起诉汪曾祺侵权。

这件事从1996年某个时候一直闹到汪先生去世。汪先生此时已七十七岁高龄。折腾一个七十七岁的老人，居心何在呢？

汪先生是一个通达开朗之人。先生“眉毛打结”，是真感伤心的。我记得先生反复说：“我们这些人的精神损失费有谁负责呢？《沙家浜》在《红旗》杂志发表时谁的名也没署，我们难道还能找××赔偿！”

汪先生有一次激动地说：“以后再出集子，把《沙家浜》剔出去！”

汪先生这是激愤之言。说来也是，汪曾祺的成就并不在《沙家浜》，他的小说、散文足以使他在中国文学史上有一席之地。

汪先生亲口对我说过，《沙家浜》剧本发表时给了一百多元稿费，那是“文革”期间。某出版社出版《汪曾祺文集》时，《沙家浜》一剧给了一千三百元稿费，由四位编剧分了。即使有《芦荡火种》作者一份，也只三百多元！

至于精神损失费，上海方面算出五万多元。

汪先生无可奈何地说：“这怎么算的呢？倒算出了角分，他们以为我很有钱，我哪来弄这些钱！”

这桩公案如今已随汪先生作古不了了之。细想来，文坛官司近几年是愈来愈多了。有些官司毫无意义，不但不会有最终的结果，而且还伤害了作家的感情，影响了作家的创作。

# 第八记 盛夏读书

今夏甚热，闲来便读董桥、黄裳和汪曾祺的文字解暑。三联书店出的董桥自选集《从前》，由李辉主编的“大象人物自述文丛”中的《黄裳自述》和《汪曾祺自述》两卷。以上三种皆装帧精美，图文并茂。所选内容也好，读之尤喜。

多年前在上海曾买过一册由陈子善编著的《你一定要看董桥》，那应该算是较早介绍董桥到大陆来的书，文中介绍董桥文章“有两晋六朝的风流绮丽”，“收放之间，精神相挽”。受此书的“蛊惑”，我相继捧回《董桥散文》和《从前》两卷，我选读了其中的一些篇什，如《云姑》《寥寂》《湖蓝绸缎》等，皆甚好。但总体说来，董桥的作品对于我辈来说，似乎华丽了点。倒是黄裳的随笔，浅显明白，出神入化，那是最好的读书类的文字了。《海滨消夏记》简直美妙极了。“《禾熟》一诗，是写水牛的：‘万里西风禾黍香，鸣泉落窦谷登场。老牛粗了耕耘债，啮草坡头卧夕阳’……此诗佳甚。近来多见水牛，种种姿态皆可入画，亦可入诗，然无此新意亦不能警策也。”“那一年不知为什么多雨……隔壁的农民一次在住处附近的河边捉到一条四五斤重的黑鱼，他并不走开，说，黑鱼总是成对的，这里一定还有一条雌鱼。果然，没过半小时，他又捉起了另一条……”皆生动有趣。那些文字仿佛要跳将出来，立于眼前。这正如沈从文在湖北咸宁劳动时写给黄永玉的信中所言，“牛比较老实，猪看似忠厚，实则狡猾，稍不留意，它则从你腿裆间溜走”，令人忍俊不禁。

汪曾祺还是最受看的：“女同学乐于有人伺候，男同学也正好殷勤照顾，表现一点骑士风度。正如孙悟空在高老庄所说‘一来医得眼好，二来又照顾了郎中，这是凑四合六的买卖’。从这点来说，跑警报是颇为罗曼蒂克的。”（《跑警报》）我曾对朋友说起过，看汪先生的东西，文字是再简约不过了。但他那些通俗明白的文字，仿佛有鬼，有风，有雨，有音乐，有风俗，有气息。就是这么出神入化。令我辈呆望出神，品咂之余，扼腕叹息。

前不久在北京，到汪先生生前的住处看了看。我们对汪先生的喜爱，是发自内心深处的，甚至是狂热的、偏激的、排他的。就像追星的少男少女为贝克汉姆、菲戈，为萧亚轩、周迅、S.H.E疯狂一样，这是没有办法的一件事情。我知道自己这样做是不对的，天下文章不能给姓汪的一个人做光了。可我就是痴迷，发自内心深处地痴迷。谁又奈何得了我呢？

汪先生的文字是颇具飘逸之气的，很迷人。前天又将汪先生的手稿《老董》《中国当代才子书·后记》《闻一多先生上课》等几篇找出一读，真是一种享受。《老董》是汪先生1993年写的，由龙冬供职的《追求》杂志刊发。汪先生当然不会主动给《追求》这样的青年读物写稿的，是应龙冬的要求。汪先生这样的人，稿子给哪个青年人拿去他是不大计较的，只要是他信得过的人。《中国当代才子书·后记》是为野莽主编的《中国当代才子书·汪曾祺卷》而写。“中国当代才子书”是野莽和长江文艺出版社的主意，完全是出版行为。选了忆明珠、贾平凹、冯骥才和汪曾祺为第一辑。汪先生是不大赞成用这样的书名的。可由我帮助组稿，汪先生也就随它去了。《闻一多先生上课》，是为他与丁聪在《南方周末》合作的“四时佳兴”专栏而写的。当年写了一组。另外还有《面茶》《才子赵树理》《诗人韩复榘》等，汪先生交给我送到丁聪家去，由丁根据文字插图。

说到给丁聪送稿，就像当年萧乾到冰心家送稿一样，我记起当时情景，如今想来也十分有趣。丁先生家住在西三环昌运宫，离我供职的报社所在地公主坟不远。汪先生为我写好楼号、门号及电话，我便带着汪先生的手稿，先给丁先生家打了电话。我捎上家乡的两只符离集烧鸡，便骑车来到昌运宫的四号楼。丁先生夫妇都在家，正准备出门。丁先生说黄永玉和黄苗子从国外回来，有一个聚会在朝阳（区），还让他去接冯亦代先生。因此，我在那坐着就很不安，立即起身要走。但丁先生并不急，一个劲要我再坐一会儿，问了一些我工作的情况。我说我是通过读老舍先生的《骆驼祥子》而记住丁聪这个名字的。说到老舍，丁先生来劲了："老舍的书是要我来插图，《二马》《骆驼祥子》《离婚》《四世同堂》，都是我插的。"丁先生感叹地说："'文革'年间没画画，1979年才恢复画，我解放得最晚。"那年（1997年）丁聪已八十一岁。丁先生实在可爱得可以："现在是忙得够呛。本来该休息了，可是考虑快死了，再挤一点时间。"我们在说话的时候，老太太一个劲地看钟，我便有些坐不住，可丁先生正说到高兴处，我于是便只有盯着墙上的一幅画看。那是黄永玉的手笔，画面上丁聪满面红光，胖乎乎的，坐在地上，斜倚在一块卧石之侧；黄苗子在顶端题了一款："丁聪拜美石，美石拜丁聪……"下面一款是黄永玉题的，具体什么内容，我已记不清了。丁先生说，这幅画是1995年一次聚会酒后画的，大家兴之所至。

由这些手稿，联想到这段沉睡在记忆深处的往事。记得汪先生曾说，1948年在上海，二十多岁的他有时整日和黄永玉在霞飞路上闲逛，两个有志青年，生活贫困潦倒，然谈起文学和艺术，总是有说不完的话题——我能想象得出当年两位的落拓模样，以及恃才自傲的不羁情形！

# 第九记 有关品质

## 一

沈从文先生在一次讲课中，有人问他为什么能写得这么好。沈先生说，写了一辈子，写得好是应该的，写不好才是不应该。是的，人用一辈子痴心专注地做一件事，做出一点成绩来实在是应该的。这正如“种瓜得瓜，种豆得豆”，总是会有些收获的。可具体到文学创作，问题就不那么简单，也实在是因人而异，各人的机遇、福分不同，能不能取得成就，写出让人记住的作品，那还真是有些灵气和天分的区别的。

范用先生是著名编辑家，执掌三联书店多年，人称“范老板”。以三联的品质，范用先生一生交往的硕儒大师可谓多矣，肚子里的文坛逸事也是别人难以望其项背的。范先生还是一位藏书家，我曾有幸去过范先生的家，亲眼见到了范先生的大量藏书，范先生爬梯子为我们找书的场景还历历在目。那精瘦矮小的精干老头，精神真是出奇地矍铄。范先生赠予我的小书《我爱穆源》至今还在我的书橱里。那本小书是1993年香港天地图书有限公司出的，其实也只是范先生的朋友给帮助出了做个纪念而已。回来我仔细看了看，说实在的，写得很是一般。虽说是写给小朋友的，要诚实明白，但疏朗俊秀还是必要的。按照范先生的学识修养，是不应该写成这般“白开水”的，而先生确乎写得太老实，基本是“记叙文”了。其间我甚至还怀疑过自己的眼力，是不是自己才疏学浅，看走了眼，也说不定。可一次在汪曾祺先生家聊天，席间说到范先生，汪先生说：“范用是天下最不会写文章的人。”汪先生那双俊眼炯炯有神。想起这话，我眼前仿佛就出现汪先生俊逸的神态。汪先生是范先生非常要好的朋友，逢年过节还每有诗笺互致。一年中也总有几次聚一聚，自烹菜肴，酌酒话文。我记得《我爱穆源》一书中还有几幅照片，是王世襄、汪曾祺和范用，三人都围着围裙，仿佛是每人出了一道拿手好菜。范先生的图片说明写道：“京中烹调大师王世襄、汪曾祺，‘发烧友’徒弟范用。”以汪先生和范先生的这种关系，汪先生说范是天下最不会写文章的人，绝不会有其他用心。而且汪先生是对我们晚辈说的，因此可以肯定，汪先生纯粹是随口说说的。这里面当然反映出了汪先生的真实看法。

而范先生对汪先生可以说到了“激赏”的程度，对汪先生的才华推崇备至。在汪先生去世多年之后，还将汪先生的《晚翠文谈》在三联书店再版。范先生在小引中写道：

1986年曾祺兄赠我《晚翠文谈》一书，他谈文学的短文集。现在我从《汪曾祺文集》中加以增补这方面的文字，编为新版《晚翠文谈》。新编大体上分为以下几类编排：一、谈文学与写作；二、关于文学语言；三、关于戏曲；四、关于沈从文；五、作品评论；六、自述和自序。

日子过得真快，转眼曾祺兄辞世已经五年，印这本书聊表怀念之情。

范先生这一段文字还真是有点感觉。文虽极其平淡，又是寥寥数语，却充满感情。大爱总是无痕的。还别说，最后这几句，还真有点归有光的味道。

去年闲逛书店，又见到凤凰出版社出了本范先生的散文集《泥土脚印》，因装帧设计极其精美，我忍不住还是买了。集中多为怀旧之文。我翻了一些，诚实本分，但要说“俏”，还相去甚多。范先生写在前面的“作者的话”说：“我不善于写作。偶尔写点怀旧的文字，怀念故乡，怀念母校，怀念同学师友。我是用真情实感写的。”我在这本书的扉页上记了几句：“范先生还是有自知之明的，他自己也说‘我不善于写作’。人真是奇怪，范先生可以创办《读书》这样出色的刊物，周围团结了许多大学者、大文化人，自己却不善作文。然这并不妨碍他成为一个最优秀的编辑家。”

日前见到今年最新一期的《文学自由谈》，读到池莉写范用先生的一篇大作《十年识得范用字》。池莉的文章中说，读了《我爱穆源》，竟有发现名家大师的感觉，这让人实在不敢苟同。池莉说：“《我爱穆源》的文字，与迁帖的风格一脉相承，却又因了篇幅与内容的宏阔，其文字功夫施展得更彻底，简朴，清澈，静气，寓远意于短语，好似冬季晴日下的一樽水晶花瓶，斜插了一枝素百合。”又说：“范用自己很谦虚，说他只是一个普通人，把事情讲清楚，把意思表达出来就行了。可是范用不知道，他这样说话，乃是一种多大的骄傲。对于文字的驾驭者来说，能够用极简的文字表达清楚对于世界的一种观念，这种技巧，到达了何等境界，这是文字功夫的境界，同时也是学术品德的境界。”这样的评述对于范先生真是一顶大帽子，我想范先生自己戴着也是不舒服的。凭范先生的见识，他对自己的评价是准确的，正如汪曾祺先生说自己“是一个小品文作家”一样，也是准确的。池莉对范先生的这一段评述，范先生如果看到，本人都会不好意思。能够用极平常的话说极平常的道理，要是用以评述杨绛先生、孙犁先生或者季羡林先生这样的大家，那是准确的。你可以说范先生是一个大编辑家，说范先生的文字“这种技巧，到达了何等境界”，这样的评述，真是莫名其妙。不知是作家池莉有意“恭维”范先生，还是作家池莉一时糊涂了。

由“范老板”我不由得想起现在执掌《三联生活周刊》的“朱老板”朱伟先生。朱伟不久前出了一本散文随笔集《有关品质》，书未上市我就见到许多叫好的评论。陈村、余华这样的大腕都纷纷写文章推介。我知道这都是因为朱伟多年前就在重要的刊物当编辑，陈村、余华等早期的稿子都从朱伟手中过过，他对文坛许多重要的作家都有过或多或少的帮助。所以朱伟兄多少年来终于出了第一本书，给鼓吹鼓吹也是分内的事。日前有幸购得一本，也是印刷极其精美。我晚上便边泡脚边翻读。看了一半，我即可以说对朱伟的作文有了一丝一缕的了解。我不敢肯定地说朱兄如范先生一般“不善于写作”，但可以肯定地说朱兄绝不是那种“善于写作”一路。如果仅凭着一点粗浅认识定要给朱兄的“文风”划个范畴的话，绝对一些说，朱兄的文章“四平八稳”，至于“俏”，则远远谈不上。但我还是要说，这同样不妨碍朱伟先生编出一本极具品质又极其精美的《三联生活周刊》。

我近来也是忒胆大。自己不知有“几钱几两”，又没能写出一丝一毫“锦绣文章”，竟敢对范先生和朱兄的文章乱加品评，所言真是形同“喷粪”。可文章天下事，得失寸心知。这确实也是一件没有办法的事。写文章还真不是写一辈子就一定能写好的事情。有的人并不写一辈子，只是兴之所至。比如早期的阿城，就写了那么几篇小说，却搅得文坛“昏天黑地”，连汪曾祺先生这样的“老狐狸精”都按捺不住，主动跳将出来写书评：“脑袋在肩上，文章靠自己。”而阿城忽然收笔了，多年不见一个字，几年前忽然又出了《威尼斯日记》和《闲话闲说》两本书，也是同样的好。我曾在《闲话闲说》的书角乱写了几个字：“这是一本世俗之作。阿城还是厉害。懂得多，又化得开，语言又极好。用平常话讲平常道理，读之甚悦。”还有一个“老顽童”黄永玉，他精力是出奇地旺盛，不但画画成了精怪，而且又跑到文学中搅和起来，写起小说、散文。黄先生的散文让我看了“吓了一跳”，啊呀呀啊呀呀！我拍手打脚，这样的精怪几百年也出不了一个。他自由地写，而笔所到之处文字是又蹦又跳，颗颗活灵活现。写事仿佛让你眼见，写人又如活人立于你眼前。文字是“俏”得不能再“俏”。读到黄先生的那些文字，真让人惭愧不已。这叫你不得不服有天才之说。前不久我见中央电视台《大家》节目采访黄先生。黄先生拿着烟斗，穿着牛仔裤，在那里说：“我是自由的人啊！我不是歌德，他是贵族，必须按照贵族一样生活，必须按照贵族一样去死。而我是没有规矩的，我是自由的，我想怎么活就怎么活，想怎么写就怎么写……”是啊，创作是不能守规矩的，不能循规蹈矩，不能墨守成规。它必须是自由的、奔放的。

我们每天打开那么多报纸杂志，数以万计的人在写那些数以万计的文章。绝大多数都是平庸之人平庸之作。写了一辈子写几篇好的是应该的，写了一辈子一篇写不好也是有的。可天才和大师却就只有那么几个。这真是一件没有办法的事情。

## 二

我过了四十越发的呆了，仿佛脑子出了问题，终日痴痴迷迷，又仿佛除却书与文章，天下便没有我感兴趣的事体。大街上人来人往，都显得甚是忙碌。商场里也是人头攒动，人们的脸上笑逐颜开，一切都显得那么美好。而我却终日紧锁着眉头，心中仿佛压着巨大的事情，每天下班，两腿便被绳索牵住一般，不是报刊摊点便是书店。

前两天这个城市的郊区整日焚烧秸秆，弄得整个城市仿佛失火，又如全城的人都点着一支香烟，空气中整日弥漫着一股呛人的烟味。黄昏下班，城市的楼顶和街道依然昏昏蒙蒙，我的心情和脑子越发迷怔，于是两腿一牵一牵，又去了长江路上的图书城。

曾读过一篇小文，说书店还是小的温馨。在城市的一角或偏远的乡村，一间摆满书籍的小书店，一个戴深度近视眼镜、学究味十足的男老板，或一个风韵犹存、热情开朗的女店主，加一只躺在书架下的狗或蜷卧在书堆上的猫，无不透露出店主的志趣心性。可现在的书店都大得惊人，恰如我现在逛的这家，依然商场、超市一般，人头攒动，让人呼吸急迫、心存恐惧。我漫无目标地在书堆中转悠，其实买与不买，都是没关系的。买回家的大部分书也不过是换了一个地方睡觉。

可逛着逛着，脑子又坏了。先是被一本叫《打捞欢乐的碎片》吸引。作者程文超，谢冕的学生。吸引我的主要是一股悲凉的气息。程文超三十七岁，即将博士毕业，却查出舌根鳞癌。之后与癌症抗争过程中所受的苦难，常人难以想象。我毫不犹豫将此书揽入怀中，有了买下第一本的动意之后，就像小偷有了第一回的行窃或者女人有了第一回的偷情，便一发不可收拾，又相中了黄裳先生的《海上乱弹》。这是黄裳先生的一本书话集，内中诸篇如《龚自珍二三事》《卞之琳的事》《读〈红楼梦〉札记》，都吸引我。特别是《画〈水浒〉》《跋永玉书一通》，记到汪曾祺和黄永玉一节，颇具史料价值。文中提到“文革”后期，黄永玉给他的信中提到“汪兄这十几年来我见得不多，但实在是想念他。真是‘你想念他，他不想念你，也是枉然’，他的确是富于文采的，但一个人要有点想想朋友的念头也归入修身范畴，是我这些年的心得，也颇不易”。黄裳最后说“当年在上海，他（黄永玉）和曾祺总是在一起见访，一起吃小吃，吹牛，快活得很”，又说“想不到（到北京之后）十六七年间他们见面不多。想来曾祺别有一个过从的圈子，我总想他们的不常在一起，无论对曾祺还是永玉，都是一种绝大的损失”。记得汪先生也曾说过，当年（1948年）他们在上海，有时整日在霞飞路上闲逛。黄永玉先生在散文《太阳下的风景》中也说，当年他们“从霞飞路来回地绕圈，话没说完，又从头绕起”，并说“各人都有一套蹩脚的西服穿在身上”，记得汪先生“那套是白帆布的，显得颇有精神”。还是十年前吧，有一次在汪先生家聊天，不知怎么谈到黄永玉先生。我记得好像是汪先生书桌上放着一摞黄永玉先生的画册，是香港什么出版社出的，很多本。那画册是签了名的，是永玉先生赠给汪先生的。可能正是因此而说到黄先生。具体说了什么，我现在已一点印象也没有，但有一点是可以肯定的，汪先生并未表现出一丝不经意和散漫的痕迹。给我的印象是，汪先生一副很欣赏的样子。我只记得汪先生说，“永玉现在是很有钱……在香港也有房子……”这一点记忆是准确的，我可以保证。

几年前的四五月间，我到北京出差，几个朋友相约，到福州会馆汪先生生前的家里坐了坐。屋里所有的摆设、布置仍一如生前。书桌、台几依然旧貌。一副几十年的老式沙发还在那个位置放着。沙发的上方，原来挂的是一幅木刻像，别人见了都说是高尔基，其实是鲁迅，那便是黄永玉早期的作品。其间同汪朗（我们的兄长、汪先生的儿子）聊到黄永玉先生，汪朗斜躺在沙发上（酒后微醺），说：“一直很好，后来不知怎么的，有点什么。好像是‘文革’时，有一次黄永玉病了，打电话过来让老爷子去看看，老爷子本想去的，后来被我妈拦住：‘他都那样了，你自身也难保。’”（汪朗用手捂着嘴乐：“老爷子一辈子听我妈的，家里的事都是我妈做主。”）“老爷子后来没去，可能就有点意见。”汪朗说，“记得我结婚时老爷子倒打过一个电话，告诉他：‘汪朗结婚了。’黄永玉说：‘汪朗结婚我给他画幅画吧，让汪朗过来取。’”汪朗接着说：“后来也没去。老爷子还嘀咕：‘我儿子结婚，你给画画，不送过来，还让我儿子去取。’”汪朗又捂着嘴乐，一副可爱的样子。汪朗说：“老头子也是很傲的。”过一会汪朗又说，那时候黄永玉的画已很值钱了，也不好意思去拿。汪朗斜靠在沙发上，午后的太阳打在左半边脸上，也斜拉出一块不规则的亮斑。过一会汪朗又说，黄永玉倒是真心的，要去拿，也就拿了。

由黄裳先生的一篇短文，我却扯了这么远。不过我读到“我总想他们的不常在一起，无论对曾祺还是永玉，都是一种绝大的损失”，心中还是很怅然。人世沧桑，又经历了“文革”的沧桑岁月。谁又说得清呢？不过他们之间并没有什么。黄永玉在他的文章中多处提到汪先生，文笔甚是亲切。在《太阳下的风景》中，黄永玉说汪先生“文章又那么好，使我着迷到了极点。人也像他的文章那么洒脱，简直是浑身的巧思”。也许是后来黄永玉实在是太大的名气，经济上又相去甚远。黄先生不觉得什么，还是原来的朋友、原来的样子。可汪先生心气高傲，不想攀枝，也说不定。

这样的一本书，我得买着吧。

在黄裳先生的这本书边上，又是一套书让我眼睛一亮：郑逸梅老先生的《书报话旧》《艺林散记》《艺林散记续编》。郑先生1895年生人，活了九十七岁，是知名的掌故大家。这套由中华书局出版的三卷本文集，印刷极其素雅、精美。我将这三册书轮流拿在手中，反复摩挲着。那精美的短章，笔墨舒卷，饶有风致。心中想：将来哪一日犯了错误（比如生活作风什么的），久闲无趣，这是最好的解闷佐料。三本都那么厚，可一本也放不下，于是一狠心，反正已开了头，索性破罐子破捽，便又都揽入怀中。

我抱着这一摞死沉的书，正欲离开，见一妙美的女士走了进来。看那装扮，素雅适度，瘦挑丰满，两腿甚美。我便痴站了一会。她正巧抽出一本去年的散文年选。那个选本中恰有我的一则短文。我心下暗想：不如冲动一下，走上去翻出我的那篇，指给她看，之后买了送她。我知道这定是非常唐突，弄不好会吓着人家，可我痴想一番还是可以的吧。我踟躇之间——其实她已进来好一会了并已选定三本，也发现（其实是感觉）边上有人注意她，于是便怀抱着书，自负的样子，婷婷袅袅，斜吊着坤包，付账走了。我徒然望着她的背影，心中怅然。

走出书店，天已昏暗。心情又沉重枯竭（每次买了一堆书，心情都郁闷得很，不知何故）。于是斜踱到对面的八中，等我补习的女儿。我坐在八中院子里花圃的水泥台子上，便翻看《艺林散记》，那笔记式的短章，确实颇多趣味。像一枚青果，酸酸涩涩，味不重，回则甘之。“常熟孙师郑晚年耳聋，友来电话，辄由当差代接，颇多隔膜。”“柳亚子与人通讯，有时数年不复，有时早复而夕再复。”读后不禁摇头，还是要读出声来才好。这样的闲书，心情愈是枯竭，读之愈出其味。

晚归，匆匆喝了两碗稀饭，便蜷于沙发，将所得之书摞齐。灯下一册一册闲翻。最后拿起程文超的《打捞欢乐的碎片》，读到《在生死线上》一篇，便不能放下。那是真实的文字。程文超将他得病后遇到的人间真情及自己身体所受的磨难，真实地记录下来。读之自己也仿佛跟着经历了一番。其实他的文字并不算好，可这是有生活的文字，真实的文字。也只有这样的文字，才能有击倒读者的力量。由眼前的这篇文字，我又想到王小波的文字。王小波的书我以前是没有看的，我从来不相信神话，都是靠我自己的一双眼睛。即使我的眼神并不好，我也只得依靠它。那天也似焚烧秸秆的日子（其实不然，是我心中痴迷），我同样来到这家书店，无所事事中站在那里把王小波的《青铜时代》翻了一二十页，于是我便认定王小波是好的，于是毫不犹豫买下了。正好第二天我要出差，于是在北上的列车上，我把这本书翻了大半。从此我便认定：王小波是好的。因为他独特。他不说别人的话，他说自己的话。他超越了许多人的视线。他看见别人没有看见的东西，或者说，他说出了别人没有说出的话。或者说，他不但看见了别人没有看见的东西，而且用别人说不出的话说了出来。我有时想，王小波的文字即如乡间土路上的驴屎蛋，一颗一颗的，却饱满、光洁、有生气。而我眼下读的程文超的这些文字，虽不甚老辣，却是自己生命之事，即如一枚一枚酸葡萄，也深深地撞击着我的心房。

于是我想，那些没有生活胡编乱造的文字，那些无病呻吟的卖酸之文，是绝无生命力的。而不读书，没情趣，则文字死板，不能灵动。即使是死板的文字，因为真实，同样可以震撼人心。我目下所读程文超之文，即是如此。

读完已是深夜，心情抑郁，沉重睡去。

# 第十记 别样亲切

## 一

汪先生曾对我说过:“你别看他们写得长,他们最终是不讨巧的。”

汪先生究竟何时对我说的,是在蒲黄榆还是福州会馆,是夏天还是冬天,是晴天还是雨天,我现在一点印象也没有了。但是我敢发誓,汪先生肯定对我说起过这句话。这句话也不可能来源于汪先生的文字,你翻遍《汪曾祺全集》,不可能找到这句话。汪先生倒是写过一篇短文《说短》。他也说过:

“以己少少许,胜人多多许。短,是对读者的尊重,也是对自己的尊重。”

“短，才有风格。现代小说的风格，几乎就等于：短。”

扯起这个话题，我想首先是我的苦恼。有一个时期，我发表了一些东西，但都是极短的文字。一个小说，我连一万字都写不到，八千字都挣命，一般五六千字就不错了，大多数是三四千字。在以往一个时期，长，才能上头条，才能压得住，有力量；而短，则是配料，往往“忝列”刊物后面几条。而得到转载的，仍是头条的，还大多是长文。而读者呢，一般评价作品：长，代表厚重、丰富。短，呵！小文章！豆腐块！还是有看轻的意思，难以产生影响。汪先生自己提倡短，有机会也会竭力发表自己的文学主张，而汪先生产生影响的作品，恰恰是他较长的两篇，即《受戒》《大淖记事》。

我被这个问题所困扰，像蚕“上山”一样，“绵”在了里面，不能自拔。大约就是在这个时候，有一次我与汪先生说起了这个话题。汪先生坐在那里，依然是那个黑色皮圈的转椅，他斜侧着脸，阳光打在他略带一些卷曲的、稀疏的白发上。他下断论似的说：

“你别看他们写得长，稿费现在多拿一点。但最终是不讨巧的！”

汪先生话里的意思，我现在想来，无非有这么两层。往浅里说：他们写得长，但写得没特色，发表一次就完了；而好的作家，写得短，却写得好，还可以转载，还可以收在书里，反复去印，最终稿费还是多的——有一回汪师母说老头出书，这一本是一二三四五，下一本是五四三二一。往深里说：你别看他们写得长，但写得粗糙，最终是留不下来的；而一个重视语言和艺术个性的作家，是不论长短的。我想他的意思，主要还是后者。

汪先生说这句话，已经过去多年了。他也去世十三个年头。现在又有了网络和博客，写作已成了一种大众的行为。这是他不能预见的。而我已不是过去的文学青年，写成功和不成功，对我已不重要。我的写作，已无所谓长短了。长也好，短也罢，自己尽了兴，沉浸在写作的愉快中。意尽了，文也结束了。可崇尚长文之风，现如今还不是如此吗？

而让我们高兴的，或者称奇的，是汪曾祺得到更多读者的喜爱。他的书越印越多。原来我是见到就买，现在各种版本太多了，我都无力再去收齐。但我见到都会去翻一翻，心中十分欢喜。

汪先生是有预见性的，他一语成谶。现在看来，汪先生真是高明的。他非常清楚自己。他看得很远。他的书很多人在读（包括新一代的年轻人）。他永远地留在了历史上。

汪先生在《说短》一文最后说：

“我牺牲了一些字，赢得的是文体的峻洁。”

又说：“短，也是为了自己。”

我们是多么希望自己的文字流传下来啊！可是我们很难做到清醒。

## 二

何镇邦先生在《怀念一位纯粹的文人》中说：“受汪老指点和惠泽的青年作家不胜其数，除了鲁迅文学院历届研究生班、进修班的学员外，我常听汪老说起的是两位青年作家，一是山西大同的曹乃谦，一是安徽天长的苏北，他们俩都是汪老比较器重又受到汪老较多指点的，如今果然都修成了正果。”

修成正果我不敢说，但确实受到汪老的很多恩泽。除请他看稿写稿外，因我是外乡人，在北京的种种难处，是可想而知的，遇到求人的事，我没有别的本钱，只有来向汪老诉说，他总会为我画一些画去送人。我曾经的一位女上司，对我多有挤兑，汪老为我画了一幅水雾淋淋的紫藤，我去送给女上司，以博取她的好感。汪先生去世后，那么多人写文章怀念他，以至整整出了两本书：《你好！汪曾祺》和《永远的汪曾祺》。这些怀念文章中，除一部分汪先生的读者外，其中有大部分都是曾经和汪先生有过交往、得到过汪先生温暖的人。

汪先生不仅对我们年轻人温暖，他对所有的人都心怀善意。

看苏叔阳写汪先生。苏叔阳说，一次他和汪老在大连开会。会上发言中，苏叔阳讲了“骈四俪六”的话，顺口将“骈”读成“并”，还将“掣肘”的“掣”读成“制”，当时会上谁也没有说什么。吃晚饭时汪先生悄悄塞给他一个条子，还嘱咐他“吃完了再看”。他偷偷溜进洗手间，展开一看，蓦地脸就红了，一股热血涌上心头。纸条上用秀丽的字写着：“骈”不读“并”，读“片”。空一段，又写：“掣”不读“制”，读“彻”。苏叔阳说他当时眼泪差一点流出来，心中那一份感激无以言说。回到餐桌，苏叔阳小声对汪先生说：“谢谢！谢谢您！”汪先生用瘦长的手指戳戳他的脸，眼中是顽童般的笑。这就是汪先生，那样的目光和笑意，我是见过的。

陈国凯曾说过，20世纪80年代一次在湖南开会，他去餐厅吃饭，一个老头子已在那里吃了，面前放着一杯酒。主会人员向他介绍汪先生。汪先生看着他，哈哈一笑：

“哈，陈国凯，想不到你是这个鬼样子！”

陈国凯是第一次同汪先生见面，觉得这个人直言直语，没有虚词，实在可爱，也乐了：

“你想我是什么样子？”

汪先生笑：“我原来以为你长得很高大。想不到你骨瘦如柴。”

这正如汪先生第一次见到铁凝，汪先生走到她的跟前，笑着，慢悠悠地说：

“铁凝，你的脑门上怎么一点头发也没有呀！”

铁凝后来说：“仿佛我是他久已认识的一个孩子。”

高晓声1986年和汪先生广州、香港之行同住一室。汪先生随身带着白酒，随时去喝。1992年，汪先生去南京，高晓声去看他。汪先生将他从头看到脚，找到老朋友似的指着高晓声的皮鞋说：“你这双皮鞋穿不破哇？”鞋是那年高晓声去香港时穿的那双，汪先生居然一眼认出来了。

汪先生就是以这种方式与人见面、与人打招呼的。怎么能不让人感到亲切和友爱？

有一年夏天，我到山东长山岛，游了海水泳，回北京已好几天，那天我去他家。进门没有一会儿，他站在我面前，端详着，之后用手在我脸上一刮：“刚游了海水泳吧？”

真奇了怪了！他怎么看得出来？而且用这种方式给你表达，让你的内心温暖无比。

有个叫谭湘的女士，因为汪先生，和丈夫“闹得天翻地覆”。1997年5月6日，他们一家约汪先生出门踏青，去游陶然亭，还一同乘脚踏船。可是安排吃饭时，由于她丈夫的疏忽，找不到饭店，害得汪先生在车里颠簸了两个小时，才找到一家活像是“大排档”的店。十天后汪先生不幸去世，谭湘泪流满面，在告别了汪先生，走出吊唁大厅后，就哭着质问丈夫：“是你害死了汪老！你一个男人，在吃饭的时间，让汪老在车上颠了两个小时，能不累坏？能不饿坏？情绪能不受影响？——你就是杀害汪老的凶手！”吓得她的丈夫大惊失色。

这真是一份“特别”的理由，也是一份“特别”的爱。

汪先生究竟有何魔力？

还是邵燕祥先生说得好：“汪老是个好人，是一个总想着别人的人，更是一个从来不伤害别人的人。”

我想，还应该加上：他亲切，温润，善解人意，还不失可爱。

这才是汪老真正的魅力。

# 后记：向上的力量

各位领导、各位前辈、各位老师和朋友：

很高兴参加今天的座谈会，感谢北京市文联、北京市作协和《北京文学》给了我这次机会，让我们一起共同回忆汪老。谢谢你们！

我最初接触到汪老的文字在1984年或1985年，在我二十二三岁的时候，等我有了这本书（《晚饭花集》），我已经迷上了汪老的文字。1986、1987年，我在县农行的审计股里。炎热的夏天，县城办公楼生锈的铁窗外，高大的法国梧桐树荫婆娑，我在一张老式靠窗的办公桌前，将这本《晚饭花集》抄来抄去，抄在了四个大笔记本上。期间我又得到这本书（《汪曾祺短篇小说选》），我又将这本书抄了一半。这两本书伴我度过有点青涩、有点迷惘的青年时期，使一个曾经的顽童少年（我小的时候顽皮得令人伤心）对未来有了些梦想。

1989年我得到去鲁迅文学院进修的机会。在鲁院我见到了汪老，我见到他一眼就认出了他！我对他太熟悉了！那时的情景已被我写进散文《温暖而无边无际包围》。这里因为时间关系，我就不多说了。总之，这次进修让我接触到汪先生本人。1992年至1997年，我又重新到北京的报社工作，和汪先生有了更多的交往。我曾在文中说过，我一个县里的孩子，一点基础没有，不知什么原因，爱上了文学，又撞到了汪先生的文字。今天回忆起来，可以说真真是我的造化。

这二十年来，我一刻也没有离开过汪先生。我拥有汪先生几乎所有版本的著作，在业余作者中，我可能是拥有汪先生书最多的人，数数有六十多本，我都把它们拍在这个影集里。其实他的作品我都有，可是我见到一个新版本心中就痒痒，非买回来不可。这几年汪先生的书市场非常不错，特别是我知道山东画报社的那一套，有的已印了三四版，比如《文与画》就已经第四次印刷，印数达一万八了。这本《五味》也印了好几次，我拥有的版本是第二次印刷，印到了一万三。这“市场不错”里也有我的贡献。我曾经写过，我对汪先生的喜爱，是发自内心深处的，甚至是狂热的、偏激的、排他的。就像追星的少男少女为贝克汉姆、菲戈，为萧亚轩、周迅、S.H.E疯狂一样，这是没有办法的一件事情。我知道自己这样做是不对的，天下文章不能给姓汪的一个人做光了。可我就是痴迷，发自内心深处地痴迷。谁又奈何得了我呢？

当然，这些年我也写了一些关于汪先生的文字，发表在全国的一些刊物上。刚刚从高邮领了一个奖：第三届汪曾祺文学奖。我1997年发在云南《大家》上的《关于汪曾祺的几个片断》，他们给了我最高的一个奖，让我很是不安。今年是汪先生逝世十周年，我也写了些纪念文章，就发在手上的几本刊物和报纸上：第二期《大家》汪先生逝世十周年纪念特刊、第五期《散文》和4月27日的《文汇报》。这些年写的关于汪先生的文字近十万字，将形成这本书——《一汪情深：回忆汪曾祺先生》，大概6月份就能出来。今年我还促成了一件事，手中的这本《你好！汪曾祺先生》，可以说机缘全在于我，是我莫名其妙地给山东画报社打电话，促成了这件事。当然，这本书还有许多人做了贡献，才得以在一个月就印了出来。我想，这也是汪先生逝世十周年纪念的最好的礼物了。

那么，这些年来，汪先生究竟给了我些什么呢？我认真地想了一想，大约有这么明显的三个方面：

一、我能写一点东西，纯粹是汪先生阳光的照耀。近二十年来，我写了有近一百万字的小说、散文。是汪先生的文字，给我打开了一扇大门，使我走进去，看到了许多心仪的人物，包括沈先生、归有光等等。前不久我出了一本散文集《像鱼一样游弋的文字》，在绩溪搞了个小型研讨会。上海几所大学的教授，包括杨剑龙、杨扬和王宏图。他们说我是低姿态写作，文字不事张扬，有一种“随物赋形”的感觉。他们提出了一个“通道说”，说汪曾祺是个“通道”，通过“汪曾祺这个通道”，我的散文承接了中国传统散文的脉络。这种见解非常新鲜别致。我虽不敢接受，也不能承受，但说汪先生是个“通道”，我同意！我们通过汪先生这扇门，看到了许多中国传统的、有时是无以言说的东西。

二、他的作品影响了我的人生观、世界观、价值观和生活趣味。读书不仅仅是学习写作，它同时潜移默化，也改变着我们本人，改变着我们对事物的看法。我算是比较典型的，我前面说过，我一个顽童，今天能写一点文字，如果不是汪先生，我今天都不知道干什么工作。我本人也不是今天这个样子。汪先生说过：“一个真正能欣赏齐白石和柴可夫斯基的青年，不大会成为一个打砸抢分子。”我读汪先生读久了，我的生活态度、审美情趣也在潜移默化地改变。我今天这个样子，我不知道是哪一天、哪一篇改变了我。但有一点可以肯定，如果不是汪先生，我今天绝不会坐在你们中间。我想，这个事例也同样可以说明文学的功用、文学是干什么的。

三、使我体会到一个人对一件事情入迷，是一件多么幸福的事。这些年来，我沉浸在汪先生的文字里，乐此不疲。这使我体会到，一个人对一件事情入迷是一件多么幸福的事情。这种快乐是不可与人道的。1988年，我一个人捧着《晚饭花集》，身上只有五十块钱，只身跑了里下河地区的七个县市；去年国庆节，我又跑到高邮，在文游台、东大街和汪先生纪念馆转了两天；今年5月，我出差到长春，特意从北京转车，汪朗陪着我到西郊汪先生的墓看了看。我们家人笑我：“你真是个呆子！”其实呆子很快乐。其实我也影响了家人和朋友，通过我，他们对汪先生也心有所仪。我将写汪先生的今年发在《大家》杂志上的文章给我女儿看：“看看！爸爸写的！”我十八岁的女儿说：“这是应该的，谁叫你是他的徒弟！”一句话，说得我心里像灌了蜜。

我这辈子大概是不会离开汪先生了。他的文字对我的生命是一种滋养。我同意作家凸凹的说法：“我爱读汪曾祺到了这般情形，长官不待见我的时候，读两页汪曾祺，便感到人家待见不待见有屁用；辣妻欺负我的时候，读两页汪曾祺，便心地释然，任性由她。”我也有我的表述。我曾说过：日子就这么过着。我被汪先生的文字包围着，感到温暖而又无边无际，我这辈子大概是不会离开汪先生的。我被包围在汪先生迷漫而精灵般的文字中，就像身体弥漫在一汪温泉的水中央，又像婴儿沉浸在母体的无边无际的羊水之中，那么自足，那么安稳和无穷无尽。

我的发言完了。谢谢大家。

2007年5月16日

注：此文为在北京市作家协会、北京文学杂志社、鲁迅博物馆联合举办的“纪念汪曾祺研讨会暨书画手稿图片展”上的发言。

# 附录：沪上访黄裳

上海陕西南路陕南村××号，我们知道，是著名文化老人黄裳先生的家。2009年5月10日，初夏一个不错的天气，我和《文汇读书周报》的朱自奋兄，得以走进陕南村黄裳的家，与老人肩并肩地坐在他府上客厅里宽宽大大的长沙发上，度过了一个愉快、充实而又有点兴奋的下午。

我读黄裳可有些年岁了。近年来，读得更是近于疯狂。反正他的书，市场上出得又快又多，我是见了就买。虽然多数文章重叠，但是读书不是为了做学问，而是图一个身心愉快。因此，看过了的还可以再看看。至少我是如此。

光是我手头的就有《过去的足迹》《珠还记幸》《黄裳自述》《海上乱弹》《河里子集》《春夜随笔》和《拾落红

集》。特别是《来燕榭文存》《来燕榭少作五种》《插图的故事》和那本《爱黄裳》，是我不日刚刚捧回的，内中的文字我看过不少。像《跋永玉书一通》《买墨小记》《凤城一月记》《雨湖》，我都读过，有的还读过好几遍。喜欢一个人，有时是毫无道理可言的。比如你读一个人读久了，你也会喜欢他的。因为你对他比较了解，或者就以为是自己的一个亲人，或是邻居、朋友什么的，不知不觉中你就喜欢上了。

对黄先生接待客人的方式，早有所闻：如若无话可说，就可以那么枯坐着。永远坐下去，看看究竟谁的耐力强。关于这些说法，有的是我从书上看来的，有的则是听朋友所说。连黄永玉这样的老朋友，都说他“如老僧入定”。我想这大约是错不了的。即使事实并非如此，也是八九不离十了。我倒是有一回写信给黄裳，说到这一处，黄先生自己并不以为然。他倒是说“并非我不喜说话，实在是觉得那种场合说话没有什么意思”。

不管如何吧，我则以自己的方式行事，以动制静也好，以静制动也罢，一切顺其自然。我们上了楼，敲开门。开门的是先生的女儿。开了门之后，他的女儿一声大叫：“爸，有客人来了。”之后对我们说：“你们在客厅坐一下，他马上就来。”——之后从头至尾，我们再也没有见过先生的女儿。走进客厅，还没有坐下，黄先生从里面一间屋子走了出来。先生穿着粉红色的T恤、淡咖啡色的吊带裤，精神不错。

我上去握了一下先生的手。这双老人的手，绵厚结实。朱自奋说：“苏北来看你了！”先生并没什么反应，一切是平静的样子。我们在沙发上坐下来。

我习惯地环顾了一下周围，这是一间老式建筑的会客厅，有三十多平方米的样子。正对着沙发的是一只老式的书橱，里面高高低低地排满了书，有《鲁迅全集》《郁达夫全集》《钱锺书散文》《沈从文小说选》，还有一本厚厚的《夏承焘集》。书橱上面的几格，放的是先生自己的书，我见有四卷本的《黄裳文集》《晚春的行旅》《山川·历史·人物》《珠还集》《黄裳自选集》。在《沈从文小说选》的旁边，是汪曾祺的自选集、《蒲桥集》和《晚翠文谈》，似乎还有一本李辉的《与老人聊天》。书橱的顶上斜戗着一只不大的画框，里面镶的是一幅沈周的画。画的是一枝枇杷，六七瓣深绿色枝叶，四五枚杏黄的果实。雅致古朴，甚是可喜。沈周何许人也？明四家也，即沈从文《湘行散记》中，那个戴水獭皮帽子、喜欢说野话的朋友所说“沈石田这狗日的，强盗一样好大胆的手笔”的沈石田也。右手墙上挂着一幅沈尹默的条幅，所书内容乃宋代诗人陈与义的《中牟道中二首》：“雨意欲成还未成，归云却作伴人行。依然坏郭中牟县，千尺浮屠管送迎。杨柳招人不待媒，蜻蜓近马忽相猜。如何得与凉风约，不共尘沙一并来。”沙发的后面，一溜明窗。窗台上摆放着几盆兰草和美人蕉。窗台洁净，客厅雅致，充满了书香气息，颇合老人的情趣和性情。

去时，给老人带了几盒家乡的山核桃。我打开一盒，取出几粒，递给老人。他尝了尝，我问：“味道还好吧？”

“还不错。”他的嘴在轻轻地动着，仿佛在品咂。

我以为这是交谈的开端，便取出我的《一汪情深：回忆汪曾祺先生》，递上去，说：

“这个书给您寄了，收到了吧？”

“收到了。”他说。

我把书前后翻翻，然后指着一张我和汪先生的合影，说：“这张照片，还好吧？”

他看了看，说：“还不错。”

我又翻到汪先生那张比较有代表性的照片，说：“这张比较有风采。”

黄先生仔细看了一下，说：“这张还不错。”他放大了声音说，脸上有了淡淡的笑意。

去时我还准备了先生的几本书，想请他签个名，并抄了王国维的一首词《金鞭珠弹》，想请先生给抄在一本书上。于是我放下《一汪情深》，取出我拥有的先生的最早的一个版本的书：《过去的足迹》。我边翻边对他说：

“这是1984年出的，印了近三万册。”

他接过去看了看，脸上有欣喜的样子。

我说：“请先生给题几个字吧。”黄先生二话没说，接过笔就写：

为苏北老兄题。黄裳，己丑夏。

之后我便一一递上《来燕榭文存》《银鱼集》和《插图的故事》。他都为我签上了名，或写几句话。

我翻开《来燕榭文存》，指着目录上的《常熟之秋》《伤逝》和《忆施蛰存》，对他说："这些都写得很好，我很喜欢读。"他歪着头看我指的篇目。我又翻开《伤逝——怀念巴金老人》那一篇，说：

"写巴金的这篇，写得很有感情。"

他依然那么规规矩矩坐着，偏着头，听我说。

我又将书翻回到扉页，取出我抄好的王国维的《金鞭珠弹》，对先生说：

"这是王国维的一首词，请先生给我抄在扉页上。"

他接过去，取下眼镜，将我给他的那张白纸片贴近眼睛，认真地看起来，嘴里似乎还轻轻念道：

金鞭珠弹嬉春日，门户初相识。未能羞涩但娇痴，却立风前乱发衬凝脂。近日瞥见都无语，但觉双眉聚。不知何日始工愁，记取那回花下一低头。

他看完了，放下小纸片，又规规矩矩地坐着，嘴里突然冒出一句：

"不写。"非常坚决。

这是我意想不到的，一时让我有些尴尬，转不过弯来。我于是接着说：

“这是王国维的词。您在一篇文章中提到过，说还不错。”

他并不回答，忽然说：

“王国维的词——不好。”

我没了办法，脑子直动；又转回来，取了我写的《一汪情深》，翻到《关于昆明猫》的一篇。我在小纸片的反面，抄下汪先生配画的一首诗，递给黄先生，说：

“这是汪先生的一首诗，把这个给我抄在我的书的扉页上吧。”

老先生接过小纸片，又如法炮制，取下眼镜，将那张白纸片贴近眼睛，认真地看起来，嘴里还是轻轻念道：

四十三年一梦中，
美人黄土已成空。
龙钟一叟真痴绝，
犹吊遗踪问晚风。

念完，他放下小纸片，嘴里又是一句：

“不写。”似一个孩子，又仿佛与谁人赌气。

哈，这一下如何是好！这个倔强的老人，不知他葫芦里卖的什么药！我一时没了办法，手足无措。而他老先生，稳稳地坐着，不动声色。我于是只得说：

“那您给随便写几句吧！您想怎么写都行。写在这本书上，我留个纪念，今后收藏着。”说着我将笔递给他。他依然不动，一副不近人情的样子。我摇摇他的肩膀，似有点撒娇，说：

“您自己定吧。随便写点什么。”

他提着笔，只静默了一下（只一会儿），就在书的扉页上写下了：

曾祺写《昆明的雨》，情韵都绝；有诗一绝，能得南疆风韵，不易忘也。己丑初夏为苏北书。黄裳。

我一时非常感激！之后他说：

“《昆明的雨》，有一首题诗，写得很好。”

他说：“……雨沉沉。”

我说：“木香花湿……雨沉沉。”

他连说：“对，对。”他忽然来了兴致。可惜我又不能记得全诗。我沉思了一下，又想起半句：

“……天过午。”

他又连说：“浊酒一杯……”仿佛接力。

我真恨自己怎么不能一下全背下来，怎么忽然卡了壳。当时我要是抄下这首诗，他一定会为我写的。我后悔自己去得仓促，没能多做些准备。回来后我查了这首诗：

莲花池外少行人，
野店苔痕一寸深。

浊酒一杯天过午，
木香花湿雨沉沉。

一见到它，是多么熟悉啊。可是当时竟想不起来，少了许多说话的趣味。

后来我想，他为什么不愿意写王国维的《金鞭珠弹》呢？我想除了黄先生自己说的“王国维的词——不好”外，还可能是那首词的内容，写在他的书上，也不通，让人觉得莫名其妙。汪先生的“四十三年一梦中”，又太轻薄。“美人黄土已成空……犹吊遗踪问晚风”，不但不吉利，还有点艳。老人也许是忌讳的；即使不忌讳，也觉得有小小的不妥。这种感觉我当时也是有的，只是一时心中没有，弄这几句话，抓急罢了。现在看来，还是老人厉害，“曾祺写《昆明的雨》，情韵都绝……不易忘也”，这几句话非常得体，题在这本书上，亦较为妥当、贴切。老人看似不动声色，可心中、手上，都是有数的。

我请黄先生写几句话，心中还是有几分把握的。否则以我的个性，是不会这么死乞白赖缠着他要求的。我知道他对我的印象是好的。我们毕竟还通了那么长时间的信。他似乎还没有道理完全拒绝我。他也没有这个意思，只是一时不太恰当。

我们在他面前，也只是取一种晚辈的姿态，所以显得顽皮、无赖。偶尔，还撒出娇来，但内心都是出于一片诚意、敬意，绝无利用老人的善良、名气来巧取什么。都说黄先生话不多，交谈困难。其实我想，也不是先生不愿意说话，他其实是很愿意说话的。以黄先生这么多年的经见，从他手里过过的事、过过的书，现在的年轻人，可与倾谈者，想必不多。

我们去看他，如果也采取少年老成之态（也不少年了，只是与先生相比较），大老远地跑去上海，只是为了在他家里的长沙发上枯坐片刻，之后离去，也是十分滑稽的。我们多了些过分的要求——照个相、题个词什么的，也是为了活跃气氛。这些东西，放在家里，日后偶尔取出看看，也是一种温暖，也是对先生的一种念想，可绝无牟利之心。话说回来，靠此牟利，也太不堪——那简直是笑话！对汪先生的字画、手稿，我已多次表过态，日后将捐出去。我已公开说过，还能赖吗？我既然号称是汪先生的徒弟，几十年了，浸淫在先生的文字里，潜移默化，这一点境界和修养还是有的。如果靠此牟小人之利，那叫什么事！那也太小看了汪先生的文字对人的内心世界的功效了。

黄先生为我题完这几句话，我将书合上，便指着书的封皮，对先生说：

“写得还好吧？”我是指我的《一汪情深》。

黄先生不语，我又追问：

“还不错吧！”一副自掼自的样子，使人看了起腻。

黄先生忽然说：

“你难道要当面让我说你好吗？”

哈哈，真弄得我不好意思了。我只得涎着脸：

“要鼓励呀！”

黄先生仍不语。

我又问：“都看了吧？”我是指此书，因为书稿我曾给他看过，他才因此写了书前的代序。

可他仍不语。我又问一遍，他说：

“没看。”

我便又指着《与黄裳谈汪曾祺》的篇目，说：“这个你看了吧？”

他仍然说：

“没看。”

这就不对啦！他在书的代序中说“漫读一过，颇有所得”，并说“关于曾祺推荐我参加评选之事，你的考证不确”。如果没看，他如何能知晓考证不确？他其实是看了的。或者我刚才所说的，他并没有完全听清楚。但是我依然相信，他是不愿意上我的圈套，不愿意应付我说“好”。“没看！”我就不好逼他表态了。

这个“不随和”的老人，他简直固执得可爱。他哪里知道，我们这样的年轻人（指在他面前），只是取其中的趣味耳！我们哪里会当真呢！我和这个老人讨价还价，就像同一个孩子斗法，可是这是一个怎样睿智的老孩子！

后来朱自奋对我说，他这样的年纪，是不能开玩笑的。我也感到，是啊，差距太大了。我们之间差距太大了。知识，经历，学养……差得太远。我们这样的年纪，所读的书以及见识、学养，又何以能与黄先生等好比呢？

我完成了我的使命——我认为是使命，就让位给朱自奋，让他和黄先生去交谈。他们谈了很多，话题很杂。从冯亦代、黄苗子，说到张爱玲、《小团圆》，说到与朱正的争论，说到陈丹青的《荒废集》，说到刚刚去世的林斤澜。

我们知道，今年年初，章诒和在《南方周末》连续发表了《卧底》和《谁把聂绀弩送进了监狱？》二文。《卧底》一文揭出翻译家、出版家冯亦代在章家卧底，收集她父亲章伯钧的有关言论，之后向上面报告的事实。而后文则通过解密了的《聂绀弩刑事档案》，揭出黄苗子等人是聂绀弩案的告密者。

《卧底》的根据是冯亦代生前以极大的勇气出版的晚年日记《悔余日录》。是冯先生自己公开的。

黄裳说："有勇气，值得肯定。"

至于聂的公案，黄先生说：

"黄苗子说没有看过聂绀弩的诗。现在档案都全部公开了。这个事情是很丢人的事情，不能原谅的。他很主动，很卖力气。这个不好。他不是被迫的，自己要干的。这就不好。"

过一会，黄先生又说："丑事。"

"我看到也大吃一惊。不只是年轻人，连我们这样的人看了都很吃惊。"

张爱玲的《小团圆》，黄先生是看了的。关于《小团圆》，黄先生与朱自奋有这样的对话。

“《小团圆》你看了吗？”

“看了。”

“是最近看的吗？”

“是的。讲九林的一段，讲得很真实。”

黄先生说：“它的写法是跳来跳去的。头两章特别难看。”

“你对这个小说会写点什么吗？”

“不会。”

“对张的高度评价，你也是不以为然？”

黄先生不语，过一会说：

“说是巅峰之作，是生意人的炒作——真是滑稽！”

“张爱玲的全集你看能出来吗？”

“能！能出来。现在什么都是可以的。”

关于今年年初黄裳与朱正的争论，已是尽人皆知的。上海拍卖了一本《梅兰芳歌曲集》，说是刘半农赠送给鲁迅的。刘半农在扉页上题词“品论梨园艺事当作考订北平社会旧史不知君以为如何”，鲁迅也留了题签“迅自留”三个字。关于这些，他们你来我往写了六七篇文章。黄先生的《黄蜂刺》《不再折腾——答朱正先生》和《还是要折腾》我都看过，朱正的《答黄裳先生》《黄文炳的鉴定真伪法》《不通无罪》我也看了。凭我个人印象，不说这个事情的是非曲直，但说做文章，说实话，文笔还是黄先生要老到和自由得多，而且十分“狡猾”和有经验——肚子里有就是不同啊！

朱自奋问：“你现在是不是后悔写了关于《梅兰芳歌曲集》的文章？”

黄先生说：“没有，没有。”

黄先生说：“鲁迅给许广平的《芥子园画谱》，没有‘自留’二字，这就不算鲁迅喜欢的书；而《梅兰芳歌曲集》有‘自留’二字，鲁迅日记里没有记。用这种方法判断，这算是什么道理？——朱正，很好的人，很老实。但是他不会写文章，一下子就完蛋了！”

话题又转到刚刚去世的林斤澜。

朱自奋问：“林斤澜说，新中国成立五十年来，在语言上，没有人能超过汪曾祺。你怎么看？你同意吗？”

黄先生不吱声，之后说：

“废话！”

过一会，又冷不丁说：

“等于放屁！”

朱自奋追问：“你认为谁可比呢？”

黄先生说：“这很难讲。”忽然他又来了一句：“林斤澜，他那一套我不懂！”这句话说得非常有力。我知道黄先生的意思。他是说，林先生的那种写法，他不赞成！

我对朱自奋说：“可能黄先生没听清楚，以为‘五四’以来。”朱自奋又强调了一遍：“黄先生，是新中国成立以来，不是‘五四’以来。”

黄先生愣了一下，说：

“这还可以。”

过一会又说：“马马虎虎。”

他们还谈到止庵的《周作人传》，谈到孙郁的《张中行传》。在说到传记时，我对黄先生说：

“我这个不能算传记吧？”

他上来一句：“这个方式比较好！”

哈哈，他终于是表扬了我一句！这个顽固的老人，他还是上了我的圈套！听到这一句，我的心哪！满是自喜！就像自己的孩子被人夸赞：“漂亮！聪明！”我真的十分感激。

走出黄先生的家，已是五点多钟。到了楼下，因为精力的高度集中和兴奋，人还有些晕晕乎乎，仿佛还沉浸在刚才的氛围之中。是啊，文化确实是有气场的。同这样的文化耆老在一起，即如被人灌了一壶令人晕晕乎乎的陈年老酒，不能自持。站在黄先生陕南村院子里的小洋楼下，这些红墙的古老建筑，仿佛也透出老上海的一派陈旧气息。门前院外的那棵老榆树（这是黄裳《榆下说书》《榆下杂说》等书名的由来），枝繁叶茂，浓荫婆娑。院中的蔷薇和月季，开着大大小小的花，月季红得艳丽，蔷薇娇得妩媚。这个黄昏的片刻的寂静，更衬得这一座砖式红楼建筑的院落，越发宁静、安详。

附记：

从上海回到合肥，因有些杂事，没有到单位。5月12日下午，我回到办公室，见一封信躺在我办公桌上。我急切拆开。

苏北老兄：

《一汪情深》收到了。翻了翻，近来多忙，等闲下来细读。将《文汇报》上六十年前曾祺逸文收在书后，甚佳，可作全集补遗也。当时笔会编辑是唐弢。我刚从重庆回来，在南京。

我那篇“代序”中有误字，当以发在《读书》上者为准，我看过清样。汪家兄妹对我的“评论”，感之。其实我没有什么成就，你计划的《读黄记》，值不值得写，望考虑。

匆复，即祝近好！

黄裳

2009年5月7日

信的落款是5月7日。我是5月4日寄出书的。说明信是黄先生收到我的书的当日所写。信中所说“汪家兄妹对我的‘评论’”，是我寄书时告诉他，汪朗、汪朝读到他的《也说汪曾祺》的代序，评价甚好。汪朗说黄文对他父亲的评价极为准确，很有见地；汪朝说，简直不敢相信，九十岁的人了，思路如此清晰，笔下如此干净，不可思议。“其实我没有什么成就，你计划的《读黄记》，值不值得写，望考虑。”是我在信中说，有可能的话，我将集中阅读他的文字，边读边记心得，这样让岁月去记录，也许可写一本《读黄记》。

黄先生所用的信封，是那种两毛一只的极普通的信封。可洁白干净，上面只有先生几行娟秀的小字。信却是写在一种专门的信笺之上。那是一种浅黄色的有暗纹的信笺。一封短信，竖行，却疏朗有致，恰如一帧笺帖。文字颇有书卷气，又十分简约。与老人交谈，老人看似木讷至极（其实并非如此），写起信来，却笔下灵动。近一个世纪的功夫，都在笔端，看了让人心中温暖。

2009年5月19日